U0493201

胡同里的江湖

邵燕祥 著

北京出版集团公司
北京出版社

图书在版编目（CIP）数据

胡同里的江湖 / 邵燕祥著. — 北京：北京出版社，2020.4

ISBN 978-7-200-14971-5

Ⅰ. ①胡… Ⅱ. ①邵… Ⅲ. ①散文集—中国—当代 Ⅳ. ① I267

中国版本图书馆 CIP 数据核字（2019）第 080090 号

总 策 划：安 东　高立志　项目统筹：司徒剑萍
责任编辑：司徒剑萍　李更鑫　责任印制：陈冬梅
封面设计：林海波

胡同里的江湖
HUTONG LI DE JIANGHU
邵燕祥　著

出　　版　北京出版集团公司
　　　　　北京出版社
地　　址　北京北三环中路 6 号
邮　　编　100120
网　　址　www.bph.com.cn
总 发 行　北京出版集团公司
印　　刷　河北赛文印刷有限公司
开　　本　880 毫米 ×1230 毫米　1/32
印　　张　10
字　　数　184 千字
版　　次　2020 年 4 月第 1 版
印　　次　2023 年 7 月第 2 次印刷
书　　号　ISBN 978-7-200-14971-5
定　　价　68.00 元

如有印装质量问题，由本社负责调换
质量监督电话　010-58572393

人世几回伤往事，
山形依旧枕寒流。

——刘禹锡

尘土京华，依然是悲歌唱彻。
漫相问，阴晴五月，榴光蒲色。
水曲行淹屈子宅，云深待化华亭鹤。
六十年，驿路乱山中，长颠簸。

千万人，吾往矣；匹夫志，不可夺。
望神州，忍自草间偷活。
此日不求天有眼，当时永忆杀无赦。
且登临，大野正苍茫，愁寥廓。

——一九九二年赴藏前作

新版前言

这本书，起笔于2001年春，曾在《收获》分六期连载，当时总题《尘土京华梦》，因为是从古城各处街巷旧地触发回忆，既伤胡同物换星移，有的且已消失，又感人事无常，不免双重的怀旧。后来加入李辉主编的“大象人物自述文丛”，改题《邵燕祥自述》，八十多篇短文大体上按所涉作者生平先后为序。而双重的怀旧之情是不变的。

这次应北京出版集团之约，对这本书稿重新点定一遍。忆及十多年前交付发表之初，再次唤起对李小林和李辉两位编辑的感激。小林曾为一个地名方位的表述，十万火急地打电话来核对，她是希望经手的稿子上不留一点遗憾吧。李辉搜求图片、配发插叙、摘句等等，还有他和参与编校装帧的几位同人所付的辛劳，也常令我想到自己当编辑时虽也负责，却是远远比不上他们尽心的。

现在这本书稿，又改名、换装走上一段新的旅程，愿新读者能喜欢，并且也像此书在十几年前遇到的老读者一样，理解作者怀旧的感情，或还能于怀旧之外，瞥见历史闪现的真实的背影。

邵燕祥　二〇一七年三月二十六日

目　录

小学春秋

少年哀乐

青春踪迹

中年歌哭

一九九一年十一月二十八日，在钓鱼台外林中黄叶地上小坐。此照片为如水所摄。

小引

中国有些词语，你说经不起推敲也行，你说耐人寻味也行。比如“备忘录”的“备忘”两字，说是怕忘记才记下，通常这么理解：能不能说就是准备忘记呢？

苏东坡说人生好似“飞鸿踏雪泥”：“泥上偶然留指爪，鸿飞那复计东西。”他写了四句戛然而止，却没说，那雪泥待天晴后化为残雪，化为泥泞，那指爪痕又到哪儿去找呢。

人生苦短，从我记事起，六十多年，在这座时而仿佛凝止于历史深处，时而在时间长河里颠簸沉浮，一阵披金戴银一阵淡妆素抹一阵粗服乱头一阵面目全非的古城里，大街小巷穿行无数。有些胡同已经消失，有些胡同将要消失，那些地名只留在老地图上，那些屋瓦墙砖，日光月色，柳絮榆钱，春风秋雨，卖小金鱼儿串胡同的吆喝，卖豆蹭儿糕揭锅时的甜香，都只留在我的记忆里了。

记忆和梦，有什么不同？也许记忆曾经是实，梦压根儿是虚的，但来自亲见亲经的一切进入记忆，成了深深浅浅的景象，跟日有所思夜有所梦又有什么两样？

叙写自己的记忆，跟说梦有什么两样？这些记忆，都不是像背书那样刻意铭记的，经过时间的筛汰，都成断断续续的碎片。

人们说往事如烟云。记忆的碎片就是萦回岁月间的烟云。一个画家画烟云，无论是用工笔油彩的巨幅画作，还是两笔三笔写实兼写意的素描，真的能画出某年某月某日某地的烟云吗？怕也只是心中的烟云罢了。

这里东鳞西爪，也只是我记忆中的北京，我心中的北京，我梦中的北京。故国神游，是我个人的，感性的，不是考据的，宏观的，全知的，更不是导游的或掌故的。

脸上皱纹日以深，大脑沟回日以浅，近期记忆随时淡去，远期记忆纷至沓来，如云如烟，如电如梦，狙击我平静的心，写下来，作为排遣，或能如了却宿债，渐渐遗忘吧。

二○○一年三月三日

儿时灯火

万历桥

地在拐棒胡同和朝（阳门）内大街之间。

小时候常听母亲跟人说起“万里桥”，笼统地感到那是很远的地方，在我家的东北方向。

也许因为觉得远在万里外，从来没动过去看看的念头，尽管直到我十岁迁居，左近也串过不少胡同，东看看西看看的。

后来读了杜甫的“西山白雪三城戍，南浦清江万里桥”，心中暗说，我的旧家那儿也有个万里桥呢。

这个遥远的梦，是前两年打破了的。翻看一本关于北京街巷的新版旧书，离我家咫尺之遥的，不是万里桥，而是万历桥。

那么，是明朝万历年间在那儿修过一座桥，桥下应有水。经过三百多年的变迁，谁知道哪一年起水就没了，桥也废了，就跟南城的虎坊桥一样，空留下个名儿。

口口相传，难怪万历桥变成了万里桥。又是大清，又是民国，市井百姓有几个还能记得那个朱翊钧的年号“万历”？以讹传讹是顺理成章的。“万里桥”不是更撩人遐思吗？

那一带原是前炒面、后炒面连着前拐棒、后拐棒。后地图上一度统称炒面胡同、拐棒胡同了。

万历桥的地名早并入拐棒胡同。桥不在，名亦不在，其地犹在。我每每穿过它，往东不远，到朝内大街的人民文学出版社去。

礼士胡同

东四南大街路东的一条胡同，东口在朝内南小街。

我曾经对萧乾说起，我出生在东四礼士胡同，萧乾当时一个直接的反应，是说："那是一个有钱人住的胡同。"我知道他幼时居住在东直门"门脸儿"，平民甚至贫民聚居的地带，对贫富差距极敏感，虽历经半世饱览过欧美的富庶生活，也不能改变根深蒂固的判断。以致我都有点后悔向他提起什么礼士胡同。

那个古称"驴市"的胡同，的确早已一扫几百年前的驴市景象，都说乾隆时候的刘墉（石庵）宅邸就在这里，能想象一个内阁大学士卜居驴市吗？说不定就是从他那时候改叫"礼士"胡同的。

这条胡同路南路北的住宅，倒是都比较齐整。我家的两重院子，相比是不成格局的，也久未修缮刷浆髹漆，显得破落，这所把着石碑胡同口的住宅，是早年从一个张家大院划出的东南一角，我出生直到我离开，门牌都是“22号旁门”。

紧靠的石碑胡同，是我所知北京三个石碑胡同之一。确有所谓石碑，竖在胡同南口对面南墙根，一米多高，半埋在土里，上书“泰山石敢当”。这小小石碑不碍事也不惹眼，至今应当还在。短短的石碑胡同，实存而名亡，里面几个门都划归礼士胡同了。我家东墙外，隔着一条石碑胡同，是一家大宅院，后来我听说是陈叔通的弟兄的产业。从我们院里可以望见他们院里一棵蓊郁的大树的伞盖。不记得是姐姐还是哥哥，曾经指着那棵树顶的枝枝杈杈，说像一个“好”字，我幼小的心里就记住这一命名：“好字树”。

也是后来，二十世纪的九十年代，有一篇文字说，张自忠将军在卢沟桥事变，古城失守后，曾在礼士胡同某家宅院里隐蔽数日才南下的。那也当在我家以东，是我不大走过的。

我上学往西行，除了大门小门大院小院以外，总要经过两处日本人占住的地方。南面有个平常开着门，亮出一片草坪的大院，楼房隐在后面，很少见人出入，绿草修剪得平平的，门柱上挂着的牌子上写着“天理教”。我至今我在礼士胡同出生，并在那里住了十年半。图为我和姐姐燕生、哥哥燕平，大约摄于一九三六年。

不知道“天理教”在日本是个什么教派，更不知道它是干什么的，没听说来传教，那又到中国来干什么？

快到西口路北，有个小院，平平常常的，没什么稀罕，稀罕的是一溜南屋临街的外墙，故意用“洋灰”糊得坑坑洼洼、麻麻䵡䵡的，星星点点嵌着一些巴掌大的蚌壳，太阳一照，闪耀着肉色的光。这里走出走进的是年轻的日本女人，都穿着一身花的和服，白袜子，木屐。门开时，看这个院落比胡同低矮，门关了，低矮的门楣上写着两个汉字中镶一个假名“花の家”。也是许久以后，我才懂得这里住的都是军妓——日本皇军的行伍之“花”。

这胡同里还有一处，是日本侵略者带来的：白面儿房。鸠形鹄面、破衣烂衫的中国人在那里出入，吸鸦片，抽白面儿，日久天长成了街头的“倒卧”。

但“倒卧”不一定都是吸毒的或要饭的，我认识兄弟两个拉洋车的五六十岁的老人，经常停靠在南下洼车口上。我上学坐过他们的车。后来我见其中一人不拉车了，越来越委顿，越来越褴褛，秋冬坐在北墙下晒太阳。有时就坐在“迪威将军”宅邸布满铜钉的红漆双扇大门前，这样的大门并列有三，很少开启。也没有门房赶走那个拉洋车拉不动了的老人，直到他从这人间消失。

我所谓的“迪威将军”宅邸，一九四九年后一度成为印度尼西亚驻华大使馆。据近年有些文字资料，它曾经属于什么盐商，没有提到过什么“迪威将军”。此说闻之于我的母亲，她是二十年代定居在礼士胡同的，她说这个宅邸的主人是海军中的将领，那该是北洋海军。袁世凯为了羁縻有实力的军人，封了一批将军，都是“×威将军”“×威将军”，我看到一个名单，偏没有“迪威”二字，不知道是否在海军中另搞了一套，不过，我无意去做这份考据了。[①]看来母亲从邻里处耳食之言不足信。

---

① 二〇一七年三月二十三日，《北京晚报》副刊载奚耀华一文，谓礼士胡同今一二九号院第一任主人为清末汉阳知府宾俊，民国初被大奸商李彦青购得，后李被曹锟政府镇压，此宅又转手天津盐商李善人之子李领臣，经重新设计改造，闳阔华贵，富丽堂皇。（邵补注，二〇一九年三月二十一日）

这个“大钉子门”里，可能是这个胡同最大规模的宅院。到了轰轰烈烈的“文化大革命”后期，这里成为江青常来之地，据说房间里的墙布窗帘都改成江青喜爱的墨绿颜色。她是到这里来看电影的，江青敛迹以后，此处顺理成章成了电影局机关。不知现在怎么样了。但这个老宅院总算因此向社会袒露了“庭院深深深几许”的内瓤儿。

“大钉子门”上的钉子不见了，不知是否在一九五八年弄去炼铁。本来间隔着共设三门，原先一水儿是朱门金钉，现在有的已经改建，此门大体保持原貌。看牌匾似为唱片总公司办事的地方。

南下洼

地在东城礼士胡同中段，往南通向演乐胡同中段。我不久前走过，格局犹存，地名已取消。

当时地名牌上写南下洼，口头都叫“南下洼子”，或简称“下洼子”。这许是老老年留下的地名了。从我记事，并不觉得那片地格外低洼。下雨的时候，也跟别的胡同一样，只是“有雨一街泥”，若是特别洼，就存水了。现在想来，是两边盖房时已经垫土取平。

我住礼士胡同，到灯市口上学，有三条路上大街：可以一直走到西口；也可以出门往西，经南下洼子拐到演乐胡同；礼士胡同、演乐胡同之间，还有一条短短的灯草胡同可走，“灯草”或是形容胡同窄小吧。（要么有过专卖灯草的店家？）

与南下洼子北口相对，礼士胡同路北还有个小胡同，我跟姐姐上学，经常去找她一个姓陆的同学同行，她就住在里面。好像是个死胡同，有一个古老的名字“双堆子大院”。堆子是过去打更人过夜的房子。我印象里已经没有这样的堆子，更不用说双堆子。不过，那时这个胡同口之西不远，路北侧有一间暗红色油漆剥落的木阁子，比一间房大点，是派出所，出入都是穿黑制服打黑绑腿的警察。老人管它叫“巡捕阁子”。直到一九四七年还在。

后来再过那里，这间木屋已经痕迹无存。我估计解放军进城接管以后，派出所就找了永久性或半永久性的办公处。一九四九年初那会儿，我的一大批中共地下党和民（主青年）联（盟）的同学，参加了区委工作，有的就分配到派出所。我想象过我如不加入华（北）大（学）准备南下，最后也可能留在北平做基层工作，但从来没把自己跟这样简易的临时性木阁子联系起来。

双堆子大院之名也早不存，不知当地还有几个老住户能记起来。

闭上眼，我仿佛还看到，只有一两根的电线上，挂着三四十年代春天的风筝，放风筝的孩子散了，再过几天，残破的风筝也不见了。

吉祥戏院

旧址在金鱼胡同西口路南，与东安市场、东来顺饭庄为邻。

一说听戏，我记起的首先是散戏归来，那绿色的马车一路嗒嗒的马蹄声，而我就在母亲的怀抱中睡着了。

那都是我四周岁以前的事。我懂得什么戏，更别说听戏。翻检最初的记忆，还剩下一个大花脸敞着胸“哇呀呀”地悲声叫着被人押下场去，该是斩马谡吧。随后一阵锣鼓声，人们纷纷站起来，其时我已经睡过一觉，又到上马车回家的时候了。

那家戏院是吉祥。马车经过的是金鱼胡同。

我四周岁那年是民国二十六年（一九三七年），日本军队在卢沟桥寻衅，占领了北平。我们当然不再随母亲去听戏，岂但不听戏，连公园也不去了。照父亲的说法，公共场所都有日本人，有日本人就有危险。父亲曾经许愿，带我们上吉祥戏院旁边的五芳斋吃汤包，结果在日本占领的八年都没兑现。

母亲是戏迷，不能听戏，才买了“无线电”，一个笨头笨脑的木壳四灯收音机。除了每天中午和傍晚不得不听的新闻以外，多的是播放着京剧唱片。

新闻肯定只有父亲一个人听，总是“东京大本营”的公报之类。父亲脸上没有表情，心不在焉又心事重重，一副无可奈何的样子。好像是一九四四年的春夏，因为他老念叨着欧洲第二战场，我曾经编造新闻去安慰他，说听同学讲的，美军已准备好要在诺曼底还是西西里登陆了……

认真听广播里的京剧唱段的，其实也只有母亲一人。她是真喜欢。她希望我什么时候上戏曲学校去。

我连西皮、二黄、四平调都分不清，却也自忖着什么时候会去学唱戏。我不知道我能不能在台上坚持下来，有一个星期天上午，就一个人坐在腰房里，对着马蹄表，一口气唱了三刻钟，老生、青衣我全包了，本来计划至少唱一个钟头，无奈口干舌燥想喝水，停了下来，毕竟独家清唱，没人捧场，没意思，没兴致接着试下去了。

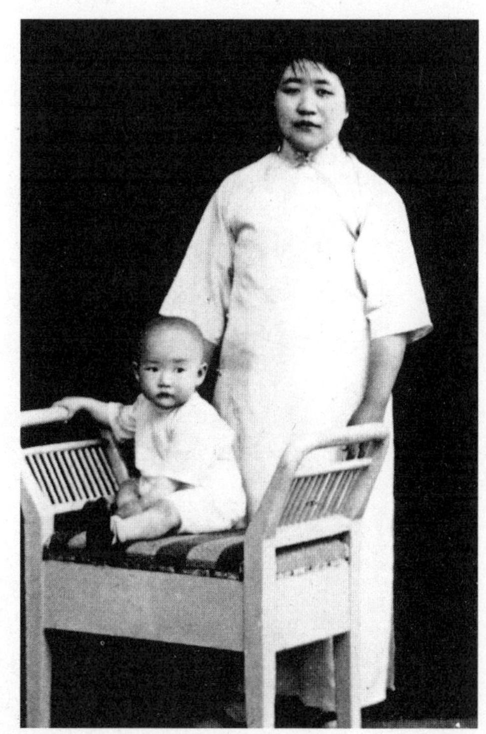

我生于一九三三年六月十日（癸酉五月十八日）。这是一周岁时跟母亲的合影。从照片看，母亲好像挺高的，其实她身高不到一米五，看着不矮，只因为小床上的我那时太小了。

大概是父亲不同意，我终于没转上戏曲学校。

如果我真的如母亲所愿去学戏，且不倒仓的话，到一九五七年，无非京戏界青年演员里多划一个右派罢了。我深信，性格即命运，也深信，政治即命运；而某种性格遇到某种政治，那是逃不掉的宿命。

干面胡同

在灯市东口，米市大街路东。

从前干面胡同有过一个“卫生事务所”，我牢牢记住了六十多年。

大概我也就五六岁。那时候玩具少，又没小伙伴，大门关着不让上街“卖呆儿”，在家里寂寞，只能自己跟自己玩，像在花畦里、墙角下看蚂蚁什么的。

记得有一天，蹲在台阶上低头往下看，看什么也不知道，看着看着一晕，栽下去真不知道了。后来听说就把我送到干面胡同卫生事务所，缝了几针，至今下巴底下还有疤痕。

我对这个卫生事务所唯一的印象，就是它在路北的一个小院里。我至今不知道事务所是什么性质的医疗机构。它显然比医院规模小，就医比较便捷。但它的名字又不像以营利为目的，或许是附属于什么慈善团体例如红十字会的吧。

我的哥哥和姐姐好像小时候也在这里就医，他们那时患的病是猩红热。在他们之前，母亲还生过两个男孩，算是我没见过面的哥哥吧，从留下的照片看，都长到两三岁，却都病死了。母亲生前说起来，就埋怨我父亲。父亲是医生，但医生有时难给亲属治病；那两个哥哥都是父亲的同行医生朋友来诊治的，并不是什么疑难杂症吧，怎么就给治死了呢，是误诊误断，还是下错了药？

庸医杀人。而人的生命，更不用说小孩的生命是多么脆弱啊。

能够活下来，几十年，大不易。真得感谢医药科学，中医西医，中药西药，真医生真药物，治病救人啊。

骑上假马，撇嘴欲哭，“三岁看大”，此儿注定不会有金戈铁马之威。

小羊宜宾胡同

地在朝阳门南小街路东。

我从小就知道母亲出生在小羊宜宾胡同三号。[①]

但是她不愿多谈自己的童年，那是充满了伤心事的童年。

我的记忆中也只有我称之为“太太”的外祖母，没有外祖父。

我的外祖父早死了，大约在辛亥革命前后，或是真正的清末，或是真正的民（国）初（年）。

我母亲出生于戊申即一九〇八年夏历五月，在辛亥武昌首义前两年多一点，还不记事，清朝末代皇帝就逊位了，这个满族家庭再也吃不上“奉国将军”这一爵位的承袭祖荫的俸禄。

我那个没出息的外祖父，早就坐吃山空，别的恶习没听说，单是抽大烟（鸦片）就把产业抽光了，只剩下自己

① 这个小羊宜宾胡同三号（新门牌改为五号），后来成为作家协会的宿舍，一九七九年我曾往访师友，吕剑住在后院北屋，沈从文住前院东厢房南面一间。二十世纪九十年代后，这里改建了两座楼房，旧迹遂不可寻。

住的小羊宜宾胡同这个院子。

外祖母是三十多岁的老姑娘来“续弦”的。她嫁到这家来，没享过福，没少受气。三十八岁上生了我的母亲。不久，老头子死了，前房儿子独霸遗产，就把娘儿俩孤儿寡母赶出来了。

外祖母的娘家就没人了吗？真的从没听说过。我对外祖父的谱系不感兴趣，却很想知道外祖母的家史，但是一无可考。[①]为什么三十多岁成了老姑娘没有结婚？

这是母亲程瑛晚年的照片。自一九七九年我的右派结论“改正”后，她的一块心病没了，心绞痛、胃痉挛就再也没犯过，直到一九八六年夏去世。我曾给她带来的无言的痛苦，令我负疚终生。

① 一九八二年我到浙江萧山市进化镇下邵村寻根，见到一九四六年所修家谱，其中有一句写到父亲的继室即我的母亲：“继北平承斌公幼女生于光绪三十四年戊申五月初八日巳时”，由此知我的外祖父名承斌。

这在当时必是家庭有什么变故，生老病死或家道中落，所谓非常情况才导致非常结果。从她识文断字看，又不像最下层的贫苦旗人，那样人家的闺女除了女红还要干粗活，哪顾得上读书写字。然而不管什么出身，什么经历，到了四十岁上，带着伶仃幼女，举目无亲，就只能“缝穷”换碗饭吃。后得在禄米仓被服厂做工，也就是集体“缝穷”吧。

我见过二十年代或三十年代的一张剪报，母亲写的《粥厂巡礼记》。那是母亲生活有余裕、心情不那么紧蹙时写的。我过去一直以为母亲曾经有过粥厂的见闻，现在回头想来，早年母亲一定有过牵着外祖母衣裾到粥厂的棚子接受施舍的辛酸。

我想，正是早年沦为城市贫民的磨炼，使母亲看似柔弱而实坚强，什么日子都能过，不叫苦，不乞怜，对穷苦病残的人有同情心，跟邻居和睦相处，能助人时绝不吝惜，一生没有物欲，不羡奢靡，更不轻视底层的百姓，没有传统的士农工商等级观念；一九四九年我要南下，她正好看见新华书店招收营业员的广告，就说：“你还不如去考考这个，留在城里多好！”又过了三十多年后，盼望孙子从外地毕业分回北京，更索性说：只要回北京，一家团聚，扫街都行！只有一次，我小时候跟着她进堆放杂物的小西屋，她翻出一个长柄木勺，我从没见过，一时惊异，怯怯地问："咱们家从前谁淘茅厕？"[①]母亲忍不住笑了："傻小子，这是给你熬腊八粥的！"

母亲似乎从没说起过童年的欢乐，如果有，唯一的是忆及当年三月三逛蟠桃宫，大姑娘小媳妇都穿新衣裳可热闹啦，说的时候眼睛发亮，我猜当时她也在这络绎不绝的队列中，只不知是还在小羊宜宾胡同的时候，或是住到老君堂以后了。

女儿的女儿叫珂珂。她生于一九九一年旧历九月，比我父亲——生于一八九一年旧历九月的邵骥整整小一百岁。

百岁光阴，于中国经历了内忧外患、天翻地覆；于我家，则是三代人的曲折坎坷、苦辣酸甜。

祝福第四代！

---

① 旧日的淘粪工身背粪桶，持一长柄木勺。这是老北京胡同里常见的。

外祖母晚年有一张照片留下来，脖子前面长个大瘤子，那是缺碘的缘故吧。

外祖母去世时大约六十八岁，至今又已经六十多年了。母亲的遗物中有一面镜子，比十六开本要大些，镜面玻璃极厚，镜面背后蚀出一轮圆月，一束写意的枝叶，笔法十分简洁；母亲生前一直不离左右，她去世前不久，才告诉我，这面我从小就熟悉的镜子，原来还是外祖母的陪嫁。该是十九世纪二十世纪之交的产品，百年旧物，水银保质好，明澈清晰如昔。有几千年历史的中国，这算不上什么古董，对我却十分宝贵：外祖母，母亲，从年轻到老，多少朝夕曾经对它梳妆，它曾映照过两代中国妇女的颦笑，它该是通灵性的，我有生之年将珍藏之，将来传诸女儿甜甜和外孙女珂珂。

老君堂

这是朝内南小街路东的一条胡同。地名叫老君堂胡同（二十世纪末改名北竹竿胡同），但老街坊们习惯叫“老君堂”，却早不见这个供奉太上老君的堂庑了。

老君堂所以为人所知，因为俞平伯家在此。二十年代交通不便，俞平伯到清华去看望挚友朱自清，从城东到西北郊，路够远的。不过那时他们三十岁上下，还该算青年作家、青年教师吧。

当年胡适还在旁边的竹竿巷住过，他有诗云“我住竹竿尖”，大概就是坐在祥子们拉的“洋车”上轻飘飘踅过当街时得句。胡适提倡白话诗，有些显出过分率意而为的痕迹；其功在于打破了雕琢工巧的庙堂贵族气息，但无意中带着用白话“打油”的意味，反不似他写的旧体诗朴实，这就是我目之为“蹲着”写诗的缘故：为了人人可懂，“明白如话”，避免深奥简古，在遣词用字上“蹲着”俯就读者，相应内涵的意蕴也流于浮泛肤浅，“蹲着”写诗牺牲了诗。

俞平伯在“文化大革命”初期，被赶到放置刻书雕版的别院小屋居住，写了首诗，有“隔墙犹见马缨花”之句，在学部文学所好挨了一顿批斗。（按：全诗为“先人书室我移家，憔悴新来改鬓华。屋角斜晖应似旧，隔墙犹见马缨花”。）在干校又曾因写诗挨批。“文化大革命”后期，回北京后，军管分配一些人入住俞平伯、钱锺书的房屋，据说，俞家无人愿去，盖因老房子的取暖卫生设备不如人意。“文化大革命”结束，俞平伯本人乔迁到楼房去了，不知告别旧居他是怎样的心情，是否有诗，更不知这处宅院后来的面目有什么变化了。

我已多年没有去过老君堂。但老君堂在我记忆中抹不掉，不是因为这里住过“春在堂主人”俞曲园大师的后人，而是因为此处是我母亲度过童年的故里。

我的母亲和外祖母，在外祖父去世后，被前房子弟逐出，就在老君堂东口住了不少年。那是民国初年，外祖母在禄米仓的被服厂领活缝军装，抚养年幼的女儿，母女相依为命。邻居李家，男主人出走再没有消息，留下“守活寡”的女主人带着几个儿女，苦苦支撑着门户，就跟我的外祖母同病相怜，情同一家。她比外祖母小些，看着我母亲结婚，生养我们兄弟姐妹，不知怎么，我们都叫她“干妈”，在我们看来，她倒更像是外祖母的同辈。

从我记事起，干妈就是我家的常客。外祖母在时，她有时还住几天。外祖母不在了，她照常走动，逢七月节送莲花灯，逢八月节送兔儿爷（泥塑的，兔儿爷兔儿奶奶都穿着宽袍大袖的古装）。

小时候我大概也没少上老君堂干妈家去，她家有我称为大嫂子的，高挑个儿，话多；三嫂子，矮个儿，话少。有一次，总在我四五岁以前，夏天傍晚母亲说，带你上干妈家串个门儿吧。因为饭后刚洗过澡，只给我穿了一件黄绸子的“洋衣裳”（现在想来是小女孩的背带裙），没有穿上衣，更没有穿裤衩。到了干妈家，不记得是干妈还是爱说话的大嫂子，夸我的小衣裳好看，说着把裙子一撩，亮出我的“小鸡”，大家一笑，却深深伤了我已经萌芽的自尊心。

我赌气一路不说话，回到家就说，我再也不上干妈家去了。这是三十年代中期的事。母亲这回照顾了我的自尊心，再也没带我去过老君堂。而且，我整个的童年，即使炎夏酷暑，也总是让我衣裤整齐了。

直到一九五九年秋后，我从劳改场所返回北京，那一阵格外地怀念亲故，我一个人来到多年暌违的老君堂看望干妈。敲开街门，先看到振兴——年龄上大我十多岁，辈分上是我称“大哥”的“邮差”（今称邮递员）李启泰的长子，故直呼其名——竟有“相对如梦寐”之感。

那一回见到干妈，她虽已七十多岁，身子骨儿还硬朗，思维、说话都清楚。

又过两年，听说她有一次独自收拾高处什么杂物，从板凳上摔下来，后脑勺着地，但居然自己清醒过来。我再在母亲家见到她的时候，发现母亲去炒菜做饭时，她一个人坐在床头，竟面壁自语，念念有词，听不清说的什么，这分明是老态了。她已近耄耋之年，些许老态并不稀罕。但老人家不服老，一辈子当家，至今不撒手，大嫂、三嫂始终是俯首听命的小媳妇，总得毕恭毕敬的。我的“三哥”李普玉，电报局的小职员，终因心脏病不治，三嫂子毅然决然地带儿女回了娘家，并且从此不再登门。这个三嫂其实多年是大门不出、二门不迈的，从小嫁到齐化门

（朝阳门）门脸这个老君堂，竟没有去过东四牌楼。但她竟忍无可忍地“背叛”了婆婆，她的离去是对老人家权威的无声的挑战。

我只知道我这干妈晚年还有一次对平生故地的告别。应该是出于她的意愿，儿孙们替她雇了一辆三轮车，跟蹬车的说好，由着老太太的性儿，想上哪儿就拉到哪儿，在北半城儿，东城，西城，可能还到海淀挂甲屯一个嫁到乡下的孙女家，溜溜儿逛了一整天，了了她的心愿。除了这位老人，还没听说过谁的老家儿这样向北京城，向今生今世辞行。

干妈是大有个性的，极其好强的旧式妇女。年轻时，据说就以她君临一切的“女权”把丈夫逼得走出去再不回来。然而公平地说，她对我的外祖母，我的母亲，是有情有义的，对我们兄弟姐妹，是和蔼慈祥的。后来我们怀念起她的时候，总想，干妈若是识文断字，并有机缘成为职业妇女，或是参与社会政治活动，一定会以果敢决断有魄力扬名，可以号令一方的。中国城乡里巷间有多少这样的人才，才华精力都在家庭琐务人事纠葛中消耗了，埋没了，浪费了。

北千章胡同

在西城政协礼堂附近的一条小胡同。记得是北千章胡同一号院，住过我的“鸡市口大姐”。六七十年代她住在院里一间小北屋，窗户底下容一张床，就只剩立脚之地了。我奉母命去那儿看望过她，屋虽小，收拾得干净整齐，晴天太阳照得通亮。

我们从小就管她叫“鸡市口大姐”，她是我那年迈的干妈的长女，比我大着近三十岁，比我母亲年龄还稍长呢。但论辈分就这么叫。“鸡市口”该是地名，标志着她早年的住处。我从没深究过鸡市口在哪里，现在朝阳门外有个旧巷叫“吉市口”，其地离我干妈住的老君堂不到两站地，兴许就是。但不知是“吉市口”叫俗了变成“鸡市口”呢，还是原为卖鸡的集市，后来雅化成“吉市”了。这都无关紧要。

我家有一张不小的照片，是母亲和鸡市口大姐民国十一二年顶多十三四年照的。坐在照相馆的椅子上，相隔几尺远，都梳妆整齐；穿着旗袍，母亲怀里抱了一个一两岁的幼儿，我知道，是生我姐姐之前的两个哥哥之一，这两个哥哥都夭折了。我的父亲是医生，但那两个孩子的

照片左为“鸡市口大姐”，右为我的母亲。当时我还没有出生，母亲抱的是我早殇的哥哥。这是正规照相馆所摄，云树山石皆布景道具。

急症都是他的医生朋友给误诊致命的。母亲当然怨他的朋友，连带也对父亲本人的医术从不恭维。连殇两子，大约是母亲年轻时最大的伤心事，她绝不愿提起。年代久了，眼前的儿女分了心，眼前的生计又恼人，这怕才把往事渐渐看得淡了。

从我记事，就知道鸡市口大姐生了个骧子，跟我年纪仿佛，后来生了个女儿小娟，这一对亲生的前面，有个轩子，是前房留下的，抗日战争前已近成人，后来一直在贵州“干铁路”。

鸡市口大姐是续弦。她孩子的爸爸叫赵鸿钧，因为与“红军”同名，好记，记住就忘不了。他比鸡市口大姐大十多岁，读过书但无恒产也无恒心，没有固定的职业和收入。有时候外出不归，不捎信来也不捎钱来。鸡市口大姐的命运几乎就重复着她母亲——我的干妈那条老路。但抗日战争结束，鸿钧竟然以一个老兵之身回来了，在行伍里还是个摇笔杆的文书，也许因为年纪大了，也许因为职位卑微，虽在腐败的国军里，浪荡习气却全没染上或是戒了。鸡市口大姐也有乃母风格，极自尊极要强，没有你我们照样过，来去自由。鸿钧又去贵州儿子家住了几年，大约在一九六〇年前后困难时期回到妻子身边。

五十年代，他家的骧子先做学徒，打工，后来参加了商业部门，住宿舍。鸡市口大姐带着上小学的小娟自己过。画家蒋兆和是她们的高邻，当时蒋先生以保卫和平幸福生活为题材的人物画里，不时出现小女孩、红领巾的形象，都有小娟的影子。

一九六四年初，我的父亲去世，母亲把鸡市口大姐约来做伴，帮助她照顾刚出生的甜甜。我的儿女都管她叫“老姑”。有了妹妹，闹闹就不能再留家里，要上幼儿园。那时全托的多，周六晚上接，周一早上送。老姑描述她送闹闹上幼儿园去，一路无话，等下了公共汽车，往石碑胡同走的时候，意识到将去他不愿去的地方，闹闹便开始磨，老姑自然有准主意，你哭也罢，嘴里叨叨念念也罢，反正说着哄着“正面宣传”着，走到幼儿园门口，闹闹看看老姑自知无可挽回，忍住泪一掉头，大步迈过门槛，“嗵嗵嗵”义无反顾地向里走去……我们原以为老姑饱经忧患折磨，什么苦都挺过来了，心一定已经变硬了，听她在描述中对孩子的心理过程及其外部表现，竟这般细致入微，那是于孩子的一颦一笑都感同身受地咀嚼过，吃透了。

鸡市口大姐还积极参加了街道工作，我敢说她没有私心。六十年代初的困难时期熬过来了，他们实际的城市贫民经济地位，使他们在“文化大革命”初期也免于冲击。老两口都已没有什么物欲，最低水平的衣食住，他们很知足；两人之间相安无事，不再吵架拌嘴，过的就是一份平静的“安贫”的生活。鸡市口大姐在街道上跟老小姐妹们一起跑跑颠颠，开开会，查查卫生，读读报，走走各种过场，不用触及什么灵魂，也不用真的关心什么国家大事，倒也并不寂寞，精神上好像有了寄托。鸿钧暮年的精神寄托，我所见到的，一是用工整的毛笔楷书抄写毛主席语录，曾经送我一幅这样的扇面，还有册页，但不是荣宝斋等的“四旧”产品，而是拾来的干净纸头连缀粘成折子，面上糊一层彩色的纸，很像样子。还有一回让鸡市口大姐带给孩子们一个小玩意，是以一个红色瓶盖为主要材料做的红灯，一看就是样板戏《红灯记》李玉和手里那一盏！不能不惊叹他的手巧，他的心细。他完全投入而不自觉地做着符合主流意识形态所要求的一切，这是理想的良民，可惜被物色“活学活用毛主席著作积极分子”的人给忽略了。

八十年代初，在石家庄工作的骧子，单位分房，把二老接了过去。鸡市口大姐挺高兴，这回能享上儿女的福了。临离开她住了七十年的老北京时，跟母亲相约住定下就来信。母亲也感到这一分手不知何时再见，不免有几分伤感，看到人家本人高高兴兴的，自不能说伤感的话，扫兴的话。

谁知鸡市口大姐一去再无消息。母亲一九八六年去世之前还想起故人，说：“怕是没有了吧。”

后来才知道，鸡市口大姐和鸿钧，换了水土，没多久就先后谢世了。

小娟中专是到西安读的，毕业后就在那里分配工作，如今该也是花甲之年了。

西花厅

这个西花厅可不能跟中南海里的西花厅相比，那是周恩来长期办公的地点。

这个西花厅是条小胡同，在东四演乐胡同东段。

我去过西花厅，都是不起眼的民宅，很难想象它曾是哪家富户或风雅人家的花厅所在，如果有过，恐怕得数到晚清以上，中间要历经几劫了。

二十世纪三十年代，西花厅四号住着“四姨儿”，谁的四姨儿？我们弟兄姐妹都这么叫，但我母亲娘家早没人了，她没有姐妹。四姨儿比我母亲要大着十几二十岁，从我记事就有“小五十”了，我只把她看成跟我那上岁数的“干妈”老太太并列的人。

四姨儿姓惠，旗人，清瘦清瘦的。我家里有她送给我哥哥姐姐的“银盾”，现在人们多不知道了，当时算一种有格调的礼物：一个银质的（当然不是纯银的）盾形牌，上面描刻出红色的祝愿，四个字，附上下款，下有木座，外有玻璃罩。现在想想，可能是祝贺我哥哥姐姐十岁生日一类。轮到我十岁，已无福得享，只是七月十五能盼到她和干妈先后送给我们的莲花灯。“莲花灯，莲花灯，今儿个点了明儿个扔”，一次性消费；八月十五以前则肯定能得到她和干妈先后送来的泥塑兔儿爷，包括兔儿奶奶，不过兔儿爷兔儿奶奶也是越来越小了，四姨儿手头拮据，日子越过越紧了。

四姨儿寡居多年，只靠“吃瓦片儿”维持生活。别处也没听说还有房产，我跟母亲去过西花厅她的小院，她住西厢房，把坐北朝南的堂屋出租给人家。后来粮价一天三涨，房租有数，四姨儿渐渐饔飧不继了。

更教人悬心的，是她还有个寡居的女儿，我们叫二姐的。这二姐当然也跟我的亲姐姐大不相同。不仅因为年纪，而且在穿着打扮，不是学生样的一袭阴丹士林旗袍或夹袍上套件毛衣，也不像月份牌广告画上的时髦女郎，光胳臂露腿穿着高跟鞋……她衣服的式样颜色都偏老旧，尤其冬天，戴的是黑色平绒帽子，披着深色的斗篷，在年幼的我看来，总像从另一个陌生的世界走来的。但我记得她脸上淡淡敷一层粉，不多言笑，对我们孩子是和气的，有时俯身说几句话，细声细气，走起路来也没声音。

这个二姐像是四姨儿的影子，只有四姨儿来时她才来，有时四姨儿来了也不见她来。我模模糊糊听说她住在佟府夹道，她只有回西花厅她娘家时，才陪着四姨儿，或说四姨儿带着她到我家来。

四姨儿在日本统治后期就去世了。二姐至迟到解放初期也就不在了。

许多年后，从我母亲零碎的说法里，我才串出二姐的简历：二姐初嫁到佟府夹道，少年夫妻，可能过了不多好日子，年轻的丈夫不知怎么就死了。那是个大户人家，儿媳妇注定在家守寡。二姐除了偶尔回娘家看看，既不能“朝前走”，也没有别的退路。

一个什么样的机缘，许是买衣料吧，二姐跟王府井或是八面槽一家绸布店的一个小伙计看对了眼，互通款曲了；但她出门的行迹也让夫家察觉了。二姐下决心破釜沉舟，要不顾一切，决绝地走出佟府夹道，跟这个伙计过。紧要关头，那个会算计的伙计胆怯了，退却了，把二姐一个弱女子晾在干岸上。这就逼得二姐一不做，二不休，干脆不再吃夫家的饭，搬回了娘家。

这样的周折，大约就发生在一九四三年前国难民病的年月，我家还住在礼士胡同的时期。那时岂止二姐的事情，大人议论时避开孩子的耳目，我们一无所知；而且在我们身边，在沦陷的古城，更不用说在秋海棠叶般的国土上，有多少啼饥号寒，流离失所，生离死别的悲怆怨愤，又有多少辗转沙场的英勇，慷慨牺牲的壮烈，是我们懵懵懂懂的孩子所不知的。

再见到，也是最后一次见到二姐的面，我们已经搬家到船板胡同。有一天二姐来了，几乎认不得，脸上红一块白一块的浓妆，劣质的脂粉掩不住她下垂的眼袋：二姐老了。她终于再婚了，对方是一个银行的小职员或工友，他们婚后就住在西花厅四号院的西厢房，四姨儿过世了，二姐继承了这份遗产。

二姐走的时候，如历来的惯例，向我母亲“请安”——按满礼，双手扶在双膝上，微微屈膝半蹲一下。她这一走，我就再没见过我家的女客这样请安了。

母亲当时就议论，二姐嫁的这个人，说不定就是瞧上了那份房产。后来听说，二姐怀孕了，丈夫对她露出狰狞面目，打骂加上精神折磨，弄不清二姐是死于难产，还是生下孩子又得了什么病死去，而那个银行小职员或工友原是有老婆孩子的。二姐陷入这个骗局，也不知道最后知道不知道是个骗局。

二姐的命比四姨儿的命还苦。她希望过正常的人的生活，但这微小的期望也落空了。

东城电话分局

在东单北大街北段路东，旧米市大街一带。很难说是“旧址”，仿佛一直属于电信系统的办公地点之一。

我并不是要说电话局的事，只是因地起兴。小时候有个老太太我叫大姨儿的，她儿子王福海我称呼大哥，福海大哥的父亲多年来就在这个电话局里供职，不知在什么年代去世了。后来母子举家迁居天津，即使他们在北京的时候，我也不知其住址，不能像“鸡市口”大姐、“西花厅”四姨和“老君堂”干妈那样标志他们。

大姨儿就是大姨儿，福海就是福海。

这个大姨儿，不像干妈、四姨儿常来，也许那时候就来往于平津两地。来了有时住几天。喜欢逗小孩儿。记得三四岁时，在腰房里，先是把胡萝卜切成一段一段，一块一块，拿火柴杆儿穿插起来，就成了马车、火车。玩腻了我在床上仰八脚儿躺着，开裆裤露出小鸡儿，不知大姨儿怂恿我怎么着，惹得满屋人大笑。说的什么反正我也不懂。不过大姨儿做的事，好些是让我觉得新鲜的。有一天我正站在台阶上撒尿，大姨儿一眼看见，跑到台阶底下来，猫腰用手撩着我的尿泡儿揉眼睛。长大了，我才知道，都说“童子尿”可以明目，治眼病。

盖棺论定，这大姨儿是个敞快人，用母亲的话，是个“嘹亮的人”。

这样的人，该不会像四姨儿家那么困窘。不，后来也难了，只是难了就没再来，上天津去，也许是回大姨儿的娘家了。

不过，毕竟因为福海的父亲曾是职员吧，在不甚拮据的时候，福海读到了高中。我印象很深的是这位上高中的大哥哥，跟我的读小学的哥哥讨论学英文的事，他们反复提到“英文 jīn dài”，我不知道“英文襟带”是什么，等我上了中学，才知道这是一本英文入门书，书名《英文津逮》。

除此以外，福海大哥只是礼貌地文静地友好地坐着，只听大人们说话，或是恭敬地回答大人提的问题，有时候跟我也笑着打个招呼，其实对一个学龄前儿童用不着那么客气地寒暄。

总之，福海大哥就以这么一个彬彬有礼的形象镌入我的记忆。

一九四九年以后，住在天津的福海往往是在个人生活的一个重大阶段，给我母亲写一封信禀报，我都是听母亲转述的。最初是不是通报大姨儿去世，我不记得了；总之，依次是他到天津钢厂工作了，他终于娶媳妇了，他的儿子王时已经上学并且会画画儿了，我至今没有他们夫妇的照片，却保存着他的娇儿童年时的留影，晚婚得子，其乐何如！他每信必问“弟弟妹妹们”好，我母亲也回信告诉他我们的大致去向，不过我猜是报喜不报忧的，何苦让远人惦念担心呢；福海想必也是这样的心理，就在全民灾难的日子里，他也用自己小家一切都好不要挂念相告，真像是“形势大好”一样。

九十年代我收到他的一封信，照旧不谈天下大势和国家大事，单说他退休后，老两口不遗余力地做好事，搭“鹊桥”，在他们钢厂宿舍区充当月下老儿，干起不求回报的婚姻介绍。他极其欣慰地告诉我，经他们牵线成就了多少对儿——好几十对儿吧，我忘了具体数据。从洋溢在字里行间的喜悦之情看，这可能是他平生最得意的业绩，在这件公益活动中体现了他为社会、为别人的人生价值。一个人能亲眼看到自己给别人带来某种幸福或快乐，不就是最大的幸福和快乐吗？许多口口声声“造福”实际上贻害于社会于别人的家伙，他们不会懂得普通的善良人的这种心情的。

我曾经想，什么时候约我哥哥一起，上天津钢厂宿舍找找这位福海大哥，总是不巧，未能如愿。

灯草胡同

在东四南大街路东，北为礼士胡同，南为演乐胡同。

小时候家里请过一位家庭教师，女的。不是给我，是教我的哥哥姐姐，我还没上学。我上小学一年级的时候，姐姐已经上初一了，请家庭教师是在他们都念小学的时候。

我对这位老师几乎没什么印象。每到傍晚天黑下来，她进了大门，径直到外院西屋去，也没人叫我向她鞠躬。我远远看她瘦瘦的，黑黑的，默默如一片树叶飘过去。

这老师走了以后，哥哥姐姐才恢复大声说笑，我听他们说“施猴”，我知道指的是谁，家庭教师姓施。

后来我看到粗糙的火柴盒上，一面画一只小猴子骑在狮子背上，一面写“狮猴”两个大字。原来家庭教师的外号由此而来。

母亲知道哥哥和姐姐对老师不太尊重——当然是在背后，有时就正色说他们两句；听他们叫“施猴”，就说：“不许这么叫。”

听说这老师就住在灯草胡同，离我家不远。等我上学，经常过灯草胡同，施老师已经不到我家来了。

我每天路过整条灯草胡同每一家门口，从没见过那瘦瘦的总穿着深色衣服的身影从哪个门里飘出来。

几十年后，母亲晚年时，有一次叹了一口气，说：“那是一个可怜的女人。她丈夫把她甩了。我到她住的地方去过，她吸鸦片。”

小学春秋

灯市口

听说，姚雪垠的长篇小说《李自成》中有对明末北京灯市的描写，很见功力。在他之前，宋明的笔记和说部中，虽有写元宵的，多是零笔散墨；而姚雪垠写的不是汴梁，不是南京，是我熟悉的北京灯市口！我有此书的前两卷，但翻了一遍，没有找到。

我熟悉的是四十年代的灯市口。在五十年代至六十年代，市容虽有些变化，而风景依稀。到了两个世纪之交，这里与我的记忆中的景象，已是面目全非了。

我记得那时候跟我们中小学生有关的店铺有两家，都在路南。一是椿树胡同口一家文具店，卖铅笔毛笔墨水墨盒，卖各种纸张本册，甚至还卖书，卖中小学生“模范作文”，也卖过教师用的教学辅导书。我买过两本，当作闲书在课外阅读，这类书远不畅销，同学们极少问津，我也是偶尔碰上，好奇，想看看老师是不是完全照这个教的。跑到这家文具店，除了买买铅笔、橡皮，就是买小皮球或是给小皮球打气。

另一家叫“李广泰金笔店”，其位置相当于今天路南一家冶金研究院所在。这金笔店不光卖金笔，也卖各种各样的自来水笔。这样的笔，对我辈小学生，有一支已是奢侈，谁能常来？我来过，是因为同班同学李宝银住在店后面，李广泰就是他爸爸。

在灯市口的育英中学、贝满女中读过书的，以至分别在附近育英、培元两家小学上过学的男女生，大约没有不知道灯市口的名人李广泰的。

我最完整的学历是六年小学（一九三九——一九四五）。

有四年半是在育英小学，地在灯市口油房胡同。我保留了一张二十世纪四十年代初期的老照片：全校在操场集合。左侧为学校后门，通大鹁鸽市和官房大院。与后门女墙相并的楼房是校外别家的建筑了。

一九四三年十二月，转学到盔甲厂小学（即汇文一小）。那里在一九五九年建北京站时，已划归站区以内。可惜没有保存照片。

我们一九三九年入小学的那一届，到一九九九年就纪念入学六十周年，到二〇〇一年就纪念中学毕业五十周年。在大大小小的聚会中，不止一次念叨李宝银，但没人知道他现在在哪里。

关于“李广泰金笔店”有个传说，说那是中共地下党的一个联络点，新中国成立后用不着，当然撤销了。那么，李广泰呢?

关于李宝银也有个传说，说他早参了军，在骑兵里做过少校军官。可是后来呢?现在呢?

想不到我的同学和他父亲都成“后遂不知所终”的传说人物。尽管到了信息时代，可人与人之间的交流或隔绝，也许另有规律吧。

本司胡同

在东四南大街路东，演乐胡同和内务部街之间。

这个本司胡同北面的演乐胡同和灯草胡同，几乎是我住在礼士胡同时周一到周六的必经之地，跑破了鞋底。可再往南一点的本司胡同，多少年来只去过一次，上我小学同班同学林良的家里去。

我们班姓林的同学至少有三个，一个林连清，一个林盛超，一个林良，都是从一九三九年上一年级一直同窗的小伙伴。

林良的家在胡同路南，一个破落小院。我去的那间房没有什么家具，墙上返潮，石灰一片一片剥落，我在那儿头一回听说，把这些墙上的石灰刮下来，因它有硝的成分，可以点着了当鞭炮放。我不记得林良是不是这么干过，我后来也从没试过。但当时想，要做鞭炮，得到多少人家刮墙，够用吗？墙上的石灰都刮完了，再上哪儿找鞭炮的原料？那次到他家去，除了听说芒硝的用途以外，最大的收获是向他借了平江不肖生的《江湖奇侠传》。那是在我二三年级，还没读还珠楼主、宫白羽、郑证因等人的作品，我读武侠小说，倒是溯其源流，循序渐进的。

早就听说过林良是林森的孙子。也好像知道林森是个大官。但是我们那时候的小孩子都很傻，对谁家出身并不在意。正如还珠楼主的儿子也跟我们同班，我们倒并没向他借《青城十九侠》。同学就是同学，极少涉及每个人的门第，虽然这个学校里颇不乏大户人家子弟。如果哪个同学大家不爱理他，绝不是因为他爸爸当汉奸，而是他自己的表现讨人嫌的缘故。

一直到五十年后，我在广州《共鸣》月刊上看到林良的一篇访谈或自述，我们同学的时期，在他家正是十分困难的日子；当时他父亲好像也不在北京，只有母亲带着他们兄弟过。当然，到了抗日战争结束以后，他也没有因是林森的孙子享多少福。在相当长时间里，林森任国民政府主席，也只是由于资历而成为牌位。国人知蒋总裁、蒋委员长而不知林主席的多矣，总裁者国民党的总裁也，委员长者军事委员会的委员长也，这是握有实权的。蒋介石让林森老先生挂个空名儿，已经是挺大的面子了。林森去世，这个国民政府主席的名分也由“蒋先生”一揽子“包圆儿”了。

林良后来在西南铁道学院工作。我一九九七年去成都，本想去看看老同学，但日程所限，没有如愿。

大雅宝胡同

东二环路建国门北一站称雅宝路，路西进入大雅宝胡同。

大雅宝胡同附近还有小雅宝胡同，“雅宝”无讲，其实是“哑巴”的雅化。当年也许因住过一个哑巴而命名哑巴胡同，旁边小胡同是连类所及，未必有大小两位哑人也。今之为雅宝路命名者或许不知其所以然，或许以为一般人不知由来，不然不会让北京出现一条“哑巴路”的。

我小学三年级时到大雅宝胡同十八号一个同学家玩，印象中他是独生子，生在一个知识分子家庭。他父亲我见过一面，文质彬彬，我这位同学更加文质彬彬，极有礼貌，十岁左右待人接物言辞谈吐已有成人风。我跟他接近，知道他读书很多，我们相约到东安市场里面的“丹桂商场”书肆上淘过旧书。我曾多年保存着他当时赠我的几本书：一本是上海广学会出版的《日内瓦的小木刻家》，读了才知道基督教中教派的斗争多么复杂尖锐；一本纸面精装的《科学常识》，读了才知宇宙万物之间有所谓“以太”之说；还有一本讲文法的书，对我较艰深，未细读，连书名都忘了。后来迁居转学，就跟这位同学失去联系。直到五十年代读侯外庐教授主编的《中国思想通史》，才发现他的四位助手中有我这位同学的名字：李学勤。他是我同学中从事人文学科研究的佼佼者。他的学问早在少年时期就有了根底，以后日见深厚，使他的研究十分扎实。是我这样虽也喜欢读书，但止于浮光掠影的涉猎，浅尝辄止的浏览，所注定望尘莫及的。

七十年代末，我随同诗人邹荻帆到大雅宝胡同一个破落的小院去看望葛琴。葛琴，这位女共产党员，一九二七年参加过上海第三次工人起义，出入街垒之间，是富传奇色彩的“三剑客”之一，而且是女剑客！后来抗日战争期间，跟邵荃麟一起辗转于东南，内战时又到香港，一直从事写作和文化工作。五十年代做电影编剧。谁能料到在“文化大革命”期间，邵荃麟不明不白地死在狱中，只留下渗着血迹的破棉裤；而这位历经患难不死的老革命者，也被迫害得瘫痪失语。我面对的葛琴老太太，满头白发，见到我们来，高兴得笑逐颜开，却说不出一句话来。

她的女儿邵小琴和女婿王存诚都是我同辈的朋友，小琴出生在抗日烽火中。我的朋友华贻芳，也是葛琴的儿子，他的父亲是另一位历经坎坷以至劫难的老革命又是学者的华岗。华贻芳长我三岁，生于一九三〇年。

像葛琴这样，其幸与不幸都折射着时代和历史的一生，到了住在大雅宝胡同的一段，已是风烛残年。当时整个社会正值“文化大革命”结束，到处在落实政策，老干部们都恢复并提高了各项待遇，凡是抗日战争以前参加革命的都由各单位填表具报，享受相应的待遇，葛琴所在的北影厂上报了一位在任的厂长，但把葛琴遗忘了。

后来葛琴不再住大雅宝胡同。我又到大雅宝胡同是去路南一个院里找老诗人蔡其矫。蔡其矫，南洋侨生，全面抗日战争的初期到延安，后来在晋察冀边区写作和教学。他属于有艺术个性和艺术追求的诗人，除了早年曾经有一首写抗日斗争的《肉搏》在解放区获过文学奖以外，他的作品，似乎总是不符合主流的口味，成不了革命文艺菜单上的主菜。一九五七年反右以后，他外放“体验生活”，结果在诗里如实写到了川江上纤夫犹如千百年前一样苦重的劳役，一发表立时受到读者和专家的批判，一代文学读者的口味也早被文学专家们训练调整得一律化了。

大雅宝胡同的院落是蔡其矫家的私产，他的父亲作为归国的侨领原是“统战对象”，“文化大革命”房产被占，直到八十年代“政策”好像迟迟“落实”不了。其矫从外省离休，迁京居住，省作协给他的安置费用又不够买房的。这些琐事就不说了。

近年我来大雅宝胡同，是到吴江家谈诗。在胡耀邦主持中央党校及其后几年，他在党校执教，做过不少有益的工作。后来曾写过《十年的路》记述他参与和耳闻的一些大事。十三大提出的“初级阶段”论，最初即出于他的论证。八十年代后期反对“资产阶级自由化”后，投闲置散，他便按照自己的计划，研究社会主义的前途和马克思主义的命运，时有新见发表。

在个别以“体制外”自炫的论者那里，会把这里说到的，尤其是像葛琴、吴江这样的人视为“既得利益者”，认为以上云云是为之鸣不平；他们既认为巴金是“贰臣”，叶圣陶是“伪君子”，那么从海外投奔抗日和革命的蔡其矫后来之受批判，自然也是“活（合）该”了。面对类似“一勺烩”的彻底以至“透底”的“骂倒”，还有什么可说呢？

蒙藏学校

地在东四礼士胡同中段路北。

礼士胡同是我从出生到上小学五年级时住家的“旧地”。上学的路上，我总要一个门一个院地数过去。

有一个院子老是开着大门，没有影壁，一条甬路通到一个月亮门，再往里好像是个大院儿。

门总是开着，却不见有人出入，让我觉得神秘。门口没有牌匾，也不设门房，更没有站岗的，只有甬道边的野草悄悄地绿着。

这不像人家。后来从大人嘴里听说，它叫蒙藏学校。

我在胡同里见过宽袍窄袖扎彩色腰带的蒙古人，也见过一身黄的喇嘛，他们不会是这里的学生。

于是我心生疑窦：怎么有这样没学生的学校？

许多年以后，在什么文史资料一类文字里读到有人回忆蒙藏学校。

后来又在郭小川的履历中，看到他从家乡丰宁来到北平，曾经入蒙藏学校读书。

然则蒙藏学校不光招收蒙古族和藏族的学生了。

那是在抗日战争爆发前的几年。

他们说的蒙藏学校就是我记忆中的那个院落吗?

那个不大的地方，该容不下许多学生。

考据蒙藏学校的沿革，不是我的事。

我猜想，北平沦陷以后，也许蒙藏学校就停办了，摘下牌匾；日本占领者占用了校舍或是鉴于它同伪蒙疆政府的特殊关系而没有占用，总之校舍一时还没派上用场。一个空空荡荡的院落就那么索寞地开着大门，任庭草自绿，任一个每天四过其门的小学生探望并猜测着。[1]

原近代科学图书馆

旧址今为社科院考古研究所，在王府大街（现王府井大街北段）路西，东厂胡同以北。

我也不知道这个所谓近代科学图书馆是抗日战争前就有的，还是沦陷后新设的。一九四二年、一九四三年我

① 此书初版后，承读者见告，一般所知旧时的蒙藏学校在西单某胡同；然则礼士胡同这处传为蒙藏学校的院落，或是其校产的一部分，而非学校的本部主体。（邵补注，二〇一七年三月十九日）

读小学三四年级的时候，迷着踢小皮球，每天下午放学，就到同学家的院里去踢。在灯市口路南林盛超家里踢得最多，因为他家正对初中部校门，又有好几进的院子。

暑假里有一回跟着同学进了王府大街路西一带的一个大院，水泥围墙，门口竖匾白地黑字写着“近代科学图书馆”。好大一片空地，周遭高树蝉鸣，踢完球在树荫下草上躺坐，清风徐来，落了汗挺凉快的。

有时候踢过球，我不忙回家，还到阅览室去翻看一下报纸杂志。整个图书馆堂奥多深我也弄不清，这里能看到一些学校门前书摊上没有的期刊，如“满洲国”奉天（即沈阳）出的大三十二开本厚厚的《麒麟》。

一九四三年冬搬了家，换了学校，到另外的场地跟另一批同学去踢小皮球了。

现在想起，就是这么一个牌头不小占地不小的大院，仿佛门禁不严，竟容我们一批毛头孩子来踢球，阅览室里也容我们自由出入走动，不受干预，可以说看门的，管理图书的人未必不负责任，但有平常心，对孩子们的爱心吧。

这个大院，连它南面的东厂胡同一号，还有西边不小的一片，都是明末特务机关东厂所在地，当年侦骑四出，收网归到这里，酿成多少冤狱。后来一度成为黎元洪的府邸。再后来胡适在这里住过，但他不治明史，所留文字无多及此。现在近代科学图书馆旧址挂的是考古研究所的牌子，院内大约建了办公楼，无复乔木蔓草间空荡荡大片荒地了。东厂胡同西里的民盟中央，附设古色古香四合院的招待所和餐馆，人们艳说胡适曾在哪儿哪儿住过，极少有人讲令人毛骨悚然的东厂旧闻了。

大牌坊胡同

在朝内南小街路东。

这里其实没有牌坊，只有一条小胡同。说是小胡同，因为它旁边的东总布胡同、禄米仓、赵堂子都比它宽得多。

小学四年级的时候，我很喜欢级任老师吕向欣（在成绩通知本上她的图章是吕象新）。她永远穿得整整齐齐，干干净净的竹布衫。冬天当然不是这身衣服，但我记忆中的吕老师永远穿竹布衫。

平时只是上课来，下课走。偶尔她跟我们聊一会儿天，我们知道她住在大牌坊胡同。

大牌坊胡同离我家不远。但没想过到她家去。有一回，她请假了，由一位关德淑老师代课。我以为她病了，心里不安，想去看看她。放了学没回家，找到大牌坊胡同，按照门牌号，是一个路南的门，进去是小院，阒静无人，我在院里转悠半天，喊了几声吕老师，才有人推门出来，指指北屋，简单告诉我“没在家”。这跟我想象的——吕老师应该住在一间窗明几净的书房里——距离太远了。

后来吕老师又来上课，我觑空跟她说：“我到您家去了，您怎么住那样的小破院。”我说的是我想的，完全没想到会让听的人难为情，或伤心或尴尬。老师听了我说的，稍停，微微笑了一下，没说什么。

而那时我刚读了巴金的《家》，我每天的日记里，正编织着“在我家后园里”的想象。吕老师规定每人备一个红格或绿格竖行小字本，每天用来写一段或长或短的日记，随交随判，一天不落。我逐渐从“早晨起来，洗漱以后，吃了早点，就上学校”的老公式，进步到虚构心情虚构情节（当然，那时还不懂得制造自己扶老携幼见义勇为的好人好事），也许老师意在让我们练笔，对我们写什么并不在意，她只批评那些敷衍应付的同学。我等于受到无言的鼓励，有一回下雪了，我用我已有的词汇描摹雪花雪片的情态，意犹未尽，信笔杜撰了好几个形容词，这回被吕老师发卷时问起：“有这样形容下雪的吗？”我没有精神准备，一时情急，就撒谎：“我查《康熙字典》找着的。”老师没说什么，以后也没再提，她没有时间找《康熙字典》复查吧。

只有一回我这个一般总是规规矩矩的好学生把吕老师惹恼了。本来不是对我，在上午末节课上，大家为什么而吵闹，秩序大乱，吕老师厉声喊道：“安静！”她从没有这么正颜厉色，一下把全班镇住了。原先是嗡嗡嘤嘤，忽地针掉地下也能听见，反差太大，我憋不住，笑出了声。“笑什么！到前边来！”一直罚站到这一节课终了，同学散尽，又过了五分钟或十分钟，吕老师才放我回家了。

这一天是一九四三年四月二十五日。我记得真真的，不是记仇，是因为整个小学期间，或是说平生只罚过这一次站，而竟是被我敬爱的吕老师罚的。我伤了她的尊严，也伤了她的心。

冥冥之中，这是对我一生的一个提醒。后来我每因该笑的时候没有笑，不该笑的时候笑了而获罪；或我出于无

一九八七年初，在读一期有争议的文学刊物。

意，而别人以为有意而获罪，却是虽记住了罚站的日期，却没真正接受挨罚的教训，终老是个没深没浅不知进退不懂世故的人。

有一次吕老师请假，回来她穿着白鞋，她的父亲去世了。她没讲过丧父之痛，但我们那一向的课堂秩序格外好，十岁十一岁的孩子也懂得吕老师心情不佳，别再让她难受。

吕老师当时二十三四岁，比我们大一倍。给她代课的关德淑还要年轻些，因为我一九四八年读报上燕京大学的新生榜，还见到她的名字，该是工作了一段又去读书。

我向母校灯市口小学问起过旧日的老师，校长说，八十年代中期以前退休的，都归街道管理了，学校没有留下地址。算来吕老师年近八旬，恐怕早就不住在大牌坊胡同了。

王府井大街

王府井大街，无论它的沿革，还是它风貌的变迁，都可以写成书，不止一本。但那不是我的工作。

在没有改造成步行街之前，它两侧的店面，虽略有兴替，但总的格局维持了几十年大致不变。

路西有个一间门面的瑞士钟表店，是我印象最深的一家。我并没上那儿买过钟表，也没在那儿修理过钟表。只因为我知道这家店是我们育英小学（敌伪统治时一度改称为灯市口小学）的郭先生家里开的。

郭先生名宗渊，他不教课，但管理“儿童生活园”。名为“园”，并不是露天的园地，而是高台阶上一个大开间的厅堂，类似图书阅览室。每逢下课，就从儿童生活园的扩音器里传出唱片上的音乐，校歌或其他我们熟悉的乐曲。

从小学二年级起，就可以办借书证，下课后到儿童生活园借书回家，每证一册，借期一周。生活园中有一半地盘设短脚桌椅，可从架上随意取阅报纸杂志。另半间，用商务印书馆“万有文库”的玻璃书柜隔开，里面顺墙排放着书架，分类陈放着薄薄厚厚的儿童少年读物。自己选好以后，拿到“万有文库”书柜一头把口坐着的郭先生那里，他把书里的书名卡取出，跟借书证用曲别针夹在一起，放进卡片柜，从周一到周五分成多格，该星期几还书的就插进哪天的格子；然后再在书的封三处盖章，章上是应还书的年月日。看加盖的日期章多少，就知道有多少人先我读过这本书了。

我最初一批课外读物，主要是从郭先生手里借阅的。家里有时也给我们买书，一年不过一两次罢了，就像压岁钱，哪能指望经常不断呢。

郭先生总是穿着一身长衫，灰色的或蓝色的，冬天则是棉袄或皮袄。他不多言语，但我敬重他，因为我喜欢他管理的书；他好像逐渐熟悉了经他手借书的孩子，虽然也不说什么，我们从他的眼神看得出他的善意。

一九四七年春，我已经离开这个学校三四年，自以为不是小学生了，有一天路过灯市口就想进油房胡同回母校看看。并没受到阻拦，一径走进儿童生活园。全校都在上课，儿童生活园里，只有郭先生一人，我叫郭先生，他还认得我，并且像跟大人说话一样，跟我这个十四五岁的“老校友”谈天。谈些什么我全忘了，谈过以后我也没再去校园的别处看看，就走了。

从这回以后，也没再拜望过郭先生。一九五六年瑞士钟表店当然也“公私合营”了，不过郭先生似乎还继续在小学里供职。到了八十年代，听说他已退休，搬了家，可能是住到儿女的宿舍去，离开王府井邻近瑞士表行的旧居了。

每想到童年，想起童年的读书生活，我老想问候一声：“郭先生，您好！”

八面槽

即现在王府井大街中间一段。

八面槽，是个十字路口。往西是东华门大街，紫禁城的东华门遥遥在望；往东是金鱼胡同；往南，正经是王府井大街；往北，一直走到灯市口，往日就叫八面槽，过灯市口再往北，那一段从前叫王府大街。

早先，金鱼胡同西口里面，东安市场、吉祥戏院、东来顺饭庄都是有名的。西口往北把脚处有一家“宝华春”，老牌的鸡鸭店，预订下，可以派伙计送鸡送鸭送鸡什鸭什。

几十年来，无数次从这里走过，顺心的时候，倒霉的时候，好天气，坏天气，合上眼能看见马路两边不同的门面不同的招牌，听到人声车声喇叭声，再往前还有人力车、自行车的铃声；也能梳理出不同时期不同情况下自己的喜怒哀乐，没向人说过，也没人知道的，虽然不是什么隐私。

但有一个沉重的记忆，永远和八面槽这个地名一起，压下了车水马龙，市声人语，那是一个拆除了五十多年却还留下浓重阴影的：黑色炸弹。

当然只是模型。日本占领的后期，一个黑色的炸弹，一丈多高，傻大黑粗地矗立在八面槽十字路口的街心转盘当中，尾翼翘然，见棱角，而炸弹头朝下，仿佛一触到地面，立刻就会轰然巨响，弹片与泥土瓦片纷飞，大火熊熊，浓烟滚滚，使繁华闹市陷入惊叫、哭喊，最终转为灭绝一切的寂静。

这就是日本军国主义对沦陷区中国人的恐吓和威慑，

以炸弹，以暴力，以死亡。

日本军国主义阴魂不散。然而半个多世纪来，我读到不少写老北京的文字，却没读到与此有关的记载。

今天，八面槽的名字已经从市区图上抹去。城开不夜，南北贯通的王府井步行商业街上琳琅满目，一片升平。

我愿以二十世纪灾难中幸存者的身份提醒世人：二十世纪中叶，这里曾经高高竖起一颗黑色的炸弹，这就是日本法西斯“建设东亚新秩序”的模型。

箭厂

箭厂胡同，在东四南大街路西。

在我已写的几十篇挽歌式的笔记里，追忆的多是已经消失或正在消失的老北京胡同里的可忆之人，可忆之事，没有值得“宣付国史馆”的大人物大事件，但都是个人记忆中的沉淀，这就证明对我有值得记忆之处，所以才清清楚楚或模模糊糊地记住了，那是些亲切的、善良的笑脸，间或是不幸者的背影。

而在这一篇里，我要破例写到令人厌恶的人事。

有人问过我：为什么不写小说？我年轻的时候，天真地想过，二十多岁写诗，三十岁以后写小说，四十岁以后写剧本——我认为写人物和情节复杂的戏剧作品，需要丰富的人生阅历和高超的艺术技巧……这个幼稚的远景规划，在我二十多岁的时候就被“雨打风吹去”了。到了晚岁可以重新写点什么的时候，多了点自知之明，知道自己不善叙事，且懂得小说不但长篇即使短篇也要讲究结构、非有周密的谋划构筑不可；又添了些顾虑，因为小说只要是写实的，取材难免从生活中来，怕有些细节虽经改造杂糅仍然会让人尤其是熟人对号入座……而最主要的障碍，还是我怕写小说无法规避写坏人，我对坏人知之太少，又有洁癖，不愿让坏人“污我笔墨”，那么写出来的只能是稀松二五眼回避矛盾打马虎眼的货色了吧，又何必用它浪费自己和读者两头的时间和生命呢？

小时候就知道有个箭厂胡同，很引起过一些我的联想。我写过一个历史故事，就把一个箭厂的工匠写得年轻英武，我为此还到这个胡同去踏访过，可大失所望。一进胡同口，不远就拐个大弯，里面没有一个宽阔的院落能使人想象是古代箭厂的遗址。

我所以知有箭厂胡同，是因为那里住着一个被我父亲称为“老戴”的人。他是做什么的，怎样和父亲结识，我不知道；他到我家来过，好像也没有什么事情要办，在客厅里坐坐时间不长就告辞，父亲客客气气把他送到大门口。

我对这个老戴，除了“老戴”两个字，并且知道他住箭厂胡同外，已经全无印象。我却记住了他有两个儿子，当时都已经成人，二三十岁，父亲背后管他们叫戴老大、戴老二。

我记着戴老二的形象，他穿了一身白西装，白上衣，白长裤，是不是白皮鞋记不得了。那时候我家已经把后院出租，搬到前院来，西屋三间，两明一暗，一暗是我和哥哥姐姐的书房，两明就当客厅。客厅里有一张白漆木质圆桌，一对白漆木质圈椅。过去客人来，我们小孩子鞠个躬就回避，现在住房缩减，客厅设在书房外间，我就理所当然可以旁听。一身白的戴老二嗓门不小，东说西说，无非显示他已到“华北劳工协会”高就了。言语之下，不无得意，随之就扶着圈椅，让椅子前腿悬空，两条后腿尬悠尬悠的，发出吱吱扭扭的声音；那白圈椅的靠背和扶手，是一排白色木条从上到下支撑的，戴老二一走，就发现许多榫子活了，坐上去稍一吃力，就嘎巴嘎巴地响。

我听父亲对母亲说，戴老二当汉奸了。“华北劳工协会”是替日本人抓劳工的，抓了中国人运到日本卖苦力。

戴老二从那以后再没来过。一九四三年底我们搬家，老戴也没再来。

我后来每见有人坐在椅子上，靠椅子后腿悬空起来，就想起一身白西装的戴老二，想起他得意扬扬喷着吐沫星子显摆自己当了汉奸的那副样子。

周家花园

即樱桃沟，在西郊卧佛寺至碧云寺之间。

这是一处颇能让人流连忘返的胜景。据说曾名周家花园者，那周家指周肇祥。

我于此人一无所知，所以记住这个名字，仿佛他跟我父亲参与的一件事有关。

父亲邵骥，字志千，一八九一年生于浙江萧山临浦镇霞（下）邵村。大约在一九〇七年就离家去上海同济大学堂预科读书，连读八年，就到北京落户了。我记事已经到了抗日战争时期，他在沦陷的古城赋闲，积蓄坐吃山空，就陆续变卖家产，这样熬到了一九四五年抗日战争胜利。

在我记忆里，他经常惦念故乡。日本军队打到萧山，烧了我家在村里的房屋，大伯父携家逃难丽水，也只能在信里含糊其词地透露一点真情，怕遭到占领者的邮检，什么话都不能痛快地说。有一次胡同里叫卖家乡的霉干菜，我第一次看到父亲流了眼泪。

那许多年里，我家门前冷落，操浙江口音的来客，除

一九五二年，我将近五十岁，到祖籍浙江萧山临浦镇霞（下）邵村“寻根”，曾写《山阴道》一诗记我感怀。这是我父亲的生身之地，只留下一片荒芜的宅基，房屋是被入侵的日本军队烧毁的。

了在杨梅竹斜街世界书局的康钊公（据说是我的叔公）以外，只有一位宋紫佩匆匆来过，另外父亲似乎拜访过浙籍的金石书家寿鉨（号石工）。

一九四五年夏秋之间（至迟是次年春夏），总之，是日本投降后不久，《世界日报》第三版上刊出一条消息，报道浙江绍兴籍的同乡在某个星期天聚会，决议的主要事项，好像是要从越中先贤祠里，把王荫泰祖宗的牌位撤下去。王荫泰其人我知道，是日本扶持的伪政权华北政务委员会委员长，继王克敏之后的北方大汉奸。这一回才知道他原是南方人，籍贯浙江绍兴，而且看来是书香门第或官宦世家，不然他祖先的神主牌立不到先贤祠里的。如果我记得不差，这个牌位好像就供在古城宣南的同乡会里，所以才有摔牌位之说吧。

我父亲参与了这一事件。此事之前我没听说，此事之后似也没有下文。王荫泰在当时已属死老虎。“祸延祖宗”其实也无异于株连。不过，通过此举，表现了“会稽乃报仇雪耻之乡，非藏垢纳污之地”的同乡同胞，对汉奸败类的唾弃义愤之情，是敌伪统治八年中积之既久的一次宣泄。

在这以前，在这以后，我都没听说父亲参与过可称激烈的活动。

我不知不觉进入老境后，才发觉对我的父亲缺乏了解，更缺乏理解。因为我和他之间的交流，比起我和母亲之间的交流来是太少了。

当年的《世界日报》不难找来一看，可我写到这里，对于这件事发生在一九四五年还是一九四六年又有些模糊了。

而一九三八年，父亲从他曾经任职的山东龙口回到古城，一度被日本占领军拘讯，后来放回。我只听说是一个名叫安陶（读音）的人所告发，说父亲与南方的国民政府保持关系云云。听说敌伪档案已开放借阅，不知保存了有关的卷宗没有。①

---

① 后来我烦请陈徒平先生在北京市档案馆一查，没有查到父亲邵骥被日本宪兵队拘讯的记录，却见到他一九四三年与石碑胡同三号院的“二房东”在伪北京市法院的民事诉讼案卷，有始有终，保存完好。（邵补注，二〇一七年三月十六日）

盔甲厂·之一

盔甲厂胡同大部在一九五九年修建北京站时纳入站区。

一九四三年冬到一九四五年夏，我在盔甲厂小学读书。这原是汇文一小，跟附近的汇文中学、慕贞女中一样，都是美国基督教卫理公会办的。一九四一年珍珠港事变后，日本占领者和伪政府接管，改归市立，以胡同名之。

虽是所谓洋学堂，除了校长尚文锦（绣山）穿西装，还有一位刘（界平）牧师穿灯芯绒的上衣和灯笼裤外，男老师都是一袭长衫。

六年级国语老师刘浩然（雄渊），经冬历夏，都是干净利索的灰布大褂，灰布裤子扎腿，一双靸鞋。他住在朝阳门外，一早一晚步行来去。他严肃近于严厉，同学给他起的外号是“瞪眼刘”。不苟言笑，讲课批卷极认真。有一回我作文里有一句自己蛮得意的句子：“秋风吹来远山的忧郁……”他发卷子时批评说，“像报稿”，很有点不以为然的甚至嗤之以鼻的劲头，我以后下笔就规规矩矩，多用成语和文言词语，尤其避免“文艺腔”了。

只有一回，他撇开课本在黑板上写下一首七言律诗

（后来我自己读书，得知这是杜荀鹤的《贫妇》），他的板书遒劲有力：

夫因兵乱守蓬茅，麻苎裙衫鬓发焦。
桑柘废来犹纳税，田园荒尽尚征苗。
时挑野菜和根煮，旋斫生柴带叶烧。
任是深山更深处，也应无计避征徭。

刘老师给我们讲的重点，是末句的点睛。而我当时就背诵下来，后来经常咀嚼的却是中间两联，因为对仗流畅，具象鲜明，用的全是口语句法。

在那以前，父亲收到远在浙江丽水逃难的大伯的来信，打开信封，只有一纸七律：

时难年荒世业空，弟兄羁旅各西东。
田园寥落干戈后，骨肉流离道路中。
吊影分为千里雁，辞根散作九秋蓬。
共看明月应垂泪，一夜乡心五处同。

这首白居易的诗，和那首《贫妇》，是我最早完整记诵的两首状写民生疾苦的诗，使我苟安一隅的童心知道，人间有大忧患在。

有一天，刘老师一反平时的镇静自如，显得慌乱失神。他平时从不说与教学无关的话，那天按捺不住告诉我们，他读中学的儿子失踪了。如此乱世他怎么能不牵挂呢。全班听了都鸦雀无声。

之后三五天，我们课下都问："找到了吗？""没有。""有消息吗？""没有。"……我看刘老师面容憔悴下去，脸色黯淡，总想安慰他，又想不出该说什么好。

终于我想出一个办法。我想失踪要么是被日本人抓去，要么是自己出走。如果被日本人抓去，很快就会来家里搜查，好几天过去了，日本人没来，说明不是被捕。前几年我家认识的苏州陈大妈，有个读中学的儿子，跟同学一道上重庆去了，事前我们就知道。刘老师的儿子也必是跟同学走了，现在都不用上重庆，北京附近就有八路军。……于是，我在一堂课后，扯了扯刘老师的衣袖，等同学都跑出教室，我悄悄说："我家认识二中的人，他们说最近有几个学生'上那边去'了，让您放心。"刘老师听了，没表示怀疑，也没有追问，一句话没说，点点头走出教室。

一九四五年日本投降，我已从盔甲厂小学毕业。听说陈大妈的儿子回来了，在警察局"当差"，他到后方去，上了警官学校。我想，刘老师的儿子如果上了后方，也该回来了；如果上了解放区呢？

人说刘老师上天津汇文中学去教书了。我再也没有见过他。也不知道他的儿子是什么时候从什么地方回来的。

我为了安慰他而骗了他，不知他后来察觉没有，如果察觉了，他能原谅一个十二岁的孩子“抖机灵”的用心吗？

盔甲厂·之二

盔甲厂小学的老师里，还有一位有外号，叫“蜜蜂张”。以致我今天已记不起他的本名，好像是张蕴之，但中间一字不敢肯定。

张老师教自然课。别的我都忘记了，只记得他给我们讲过一位实业家的人生奋斗史，讲他怎样东渡日本到工厂做工，偷学得技术，回国建厂。他讲得非常生动，这里复述得干巴巴的怪我。他讲得还非常有感情，打动了幼小的我们。那实业家是他的家人？亲戚？朋友？为什么他了解得如此详细？……我现在连那人学的什么技术、办的什么产业都模糊了。因为一九四九年后，想起来，故事的主人无非是一个资本家，故事宣扬的则是个人奋斗；而张老师讲这个故事，似乎已经不是意在启发我们爱国，努力学习，振兴民族工业，而是有意无意地散布毒素，不足道了。有了这样的心态，即使不是强迫忘记，也会逐渐忘却，因为我不会去回想，更不会去反刍，日久天长，只剩下一个没有枝叶细节的梗概了。

而现在我是以一个老人之心，揣度当年张老师讲这个故事的心境，恐怕是充满了报国无门，有志不获逞的中年哀乐吧。

这就说起他为什么叫“蜜蜂张”了。他教自然课，养蜂以实践，是他的一点优势。他养蜂并且卖蜜。他在快下课的时候，问同学谁买蜂蜜，放学到他家去。我买过两次，每次抱一大瓶回家。那时候，小学教师有时能配售一袋半价白面（小麦粉）。他问我要不要买。我问了家里，带上钱到他家去，雇了一辆洋车把那一袋面拉走。路上我想：“我把张老师一家嘴边的白面拉走了，张老师只能拿这袋白面的钱去买棒子面（玉米面）吃了。”

“蜜蜂张”家在盔甲厂小学东边不远一条南北小胡同里路西。不记得是不是抽屉胡同。如果不是，四十多年来该早就划入北京站的地界了。

盔甲厂·之三

盔甲厂小学，像旧日北京城里几乎所有的小学一样，都不是平地兴建校舍，而多半是借原来公共建筑（如庙宇、祠堂）或大宅院，慢慢扩充改建而成。

盔甲厂小学由两部分组成。路北大红门里，东边靠北有一排平房，是五六年级男生班，西头两三间为校长和教师办公室；后面一排为少数寄宿生宿舍。这两排平房前边较宽的小院，是全校同学列队“朝会”的场合。

西半拉宅院，可能是从前的宅院主体，有花木。后面是初小教室，和五六年级女生班。

校园尽北头有个音乐教室，高大宽敞，是老房子。从小小后窗可见后墙外红楼一角。教室里有钢琴，孙敬修、鲁士琦老师在这里上音乐课。刘浩然老师国画课也在这里上。讲坛背后高墙上悬挂着古香古色的《大秦景教流行中国碑》拓片。日伪虽已接管，但始终高挂的这一碑文，纪念这座小学跟基督教的渊源。

盔甲厂小学大红门对面，路南有院墙围着的大操场，至少在当时我们眼中看，操场不小，有打篮球的篮筐，有踢足球的球门。放了学我们常转入这里流连不去。

五十年代初期，从北京《新民报》上读到一条简讯，说在这个操场的南墙下，挖出一包文物，最有历史意义的，是一张在瑞金参加中华苏维埃全国代表大会的代表证（不记得是一九三一年秋的第一次还是一九三四年初的第二次）。可惜未见后续报道。留给我的是一片悬念和遐想。

这张代表证的持有者是谁？他是参加了大会又回到古城的？他冒着多大的风险从瑞金把这个证件和文件带回北平？他为什么又不得不把它埋藏起来？是他要远行，自己动手埋藏的，还是他被捕或流亡，家人或亲友代为埋藏的？埋的时候什么心情？为什么又选择了这个地方？他们活动的地域在这一带？或是家在附近？他们有亲友在这个学校吗？一九四九年后他们有没有回来，他们还在人间吗？

当时的短讯只透露了简单的情况，大约还来不及考证。代表证上大约没有姓名，这就增加了考证的难度。

现在知道，曾在汇文中学读书的中共党员中，最为资深的是已故新四军将领彭雪枫，不知他曾否参加过三十年代初瑞金之会。再早几年，汇文中学在一九二六年“三一八”惨案中遇难的两位同学，都没有材料表明他们是共产党员或国民党员。他们牺牲在前，当然更与这件文物无关。

谁是当时出席全国苏维埃代表大会的那位代表？如果活到今天，至少也在九十岁上下了，而他，很可能都没活到一九四九年。

泡子河

有泡子河西巷，在建国门内路南，北京站口以东。

这是我在盔甲厂读高小时一个烂熟的地名。

北京话里的“水泡子”，大约指不成其为湖泊的池沼。泡子河当是由此得名。

那时候同学没有住在泡子河的，但经常到泡子河玩儿，如同上城墙、上观象台一样。泡子河有什么可玩的呢？在成年人眼里，一湾日渐壅塞的臭水而已，可在孩子们，不择地而游，别有天地。

五十年代以后，无力疏浚市区内外的河渠，还它一个秋水澄明，观念里也不珍惜城里的水道，就多填平，像流经北河沿、南河沿的御河就这样改成大街。当然，有些明沟改暗沟是应该的，如有名的龙须沟就是；这倒是旧政府也做过的，船板胡同我家附近的后沟，上盔甲厂小学必经的沟沿头，在四十年代已经只存地名，不见沟水了。

跟我那时的世界分不开的盔甲厂、泡子河、沟沿头、毛家湾、闹市口、方巾巷，在一九五九年修北京站——“十年大庆”北京十大工程之一的时候，全部或大部划入站区或站前街道。今天，方巾巷已无复旧观，北京站街俨然闹市，却不叫闹市口了，沟沿头、毛家湾，只留在我的早年记忆中。

在更早的二十年代、三十年代，据片段的回忆文章，女师大学生许广平曾到泡子河教过家馆；而美国记者斯诺曾在沟沿头、毛家湾一带居住过，在这里与当时燕京大学的革命青年黄华等聚会。

沦陷时期小《实报》的“畅观”版，常登张篁溪、张次溪父子写的掌故文章，我有个印象，倘不是他们家住在泡子河，就是他们追忆过泡子河昔日的风光。他们早已经属于昔日，他们记忆中的风光，自是昔日的昔日了。

我不会游泳，家里也不允许我洗野澡，这样，我就没有领略过在泡子河以至二闸下水浮游的乐趣。二闸在朝阳门外，活水。汇文中学初中有位老师“英文赵”——他于教英文单词、语法之外，有时也批评同学们的课外活动：“在二闸游泳，一看见女学生过来，就仰面浮到水皮上，小鸡朝天，那是干吗？！”真是涉笔成趣，一语中的。“英文赵”对这些青春发育期的孩子，倒也不光是揭短，还在裤衩宽紧、睡卧姿势方面加以指点，正面教育。这教育除了生理的方面，也有心理、精神、道德方面的，他讲了一句英文：“The girl’s first love is fire.”（“少女的初恋是火。”）意在提醒我们理智些，不要轻易“玩火”吧。

“英文赵”虽穿洋服，却一点不带“假洋鬼子”的洋气，平易亲切如一切“土”人，所以我和同学们都喜欢他，尽管我的英文没有学好，那全不是他的过错。最不应该的，是我只知“英文赵”，不知赵先生之名，[①]也许当时就不甚了了。只记得他高高的个子，瘦长的脸，已过中年，并无老态，两眼炯炯然，颇像我后来见过的作家张天翼。

① 查《汇文年刊·1947》，英文教师赵先生名国昌。这本年刊是谢泳君二〇一一年寄赠给我的。（邵补注，二〇一七年三月十六日）

妇婴医院

地在崇文门内后沟（胡同）。

这是一家老医院，尽管占地不多，规模在今天看来也不算大。

后沟南起城根，北到船板胡同；妇婴医院在路西，跟对面的慕贞女中、亚斯立堂，原先都属教会。

关于医院，我无话可说。我上的盔甲厂小学，在太平洋战争前也是教会办的，后来才被日本敌伪当局接管。

教会学校教学质量较高，但相应收费也较贵。同学多是社会中上层的子女，大家都习以为常。

我转学来不久，就听人说，有个女生丁爱柏，她父亲是妇婴医院洗衣服的——“洗衣服的”，就是工人。

说谁的父亲是当大夫的，没有什么异常；说是工人，就有歧视的意味。

因为在人们也包括我们这些孩子眼里，工人是“下等人”。

我就老想看看丁爱柏什么样。人们指给我看了，梳小辫儿，鹅蛋脸，白白的，月白的旧衣衫洗得干干净净的。

我有点同情她了：为什么生在一个工人家?

不知道她是不是感到背后异样的眼光，不知道她听没听到背后的议论……

同学们以歧视的口吻说“她爸爸是妇婴医院洗衣服的”，带着歧视的口气指她是一个工人的女儿时，我没表示过异议，内心深处也存在着对工人、对工人家庭的歧视。直到我读萧红写的《手》，她同班一个女同学的手老是蓝的，大家奇怪，指指点点，原来女孩家开染坊，课余也得帮着干活，染蓝布，就把手，把手腕和胳臂都浸蓝了。

看着萧红细腻地写自己心理的变化，写对那女孩同情的理解，我才又想起丁爱柏。她的父亲，身为“洗衣服的”工人，把自己的女儿送到教会学校念书，错了吗?他希望心爱的女儿受到良好的教育，这心情难道有什么不可理解吗?那么……但愿当时丁爱柏置身在出身有钱家的同学中间，置身在这些同学实际的歧视中间，却因为年幼和天真，没感到这种歧视；那么，她的童年虽然是匮乏的，但还是快乐的，值得回忆的。

唉，于己于人，这怕都是自欺欺人的设想吧。

后来，我的三叔在家乡自杀了。他在乡村卫生站做医生，群众关系很好的。清队开始，不让他看病了，叫他给病人洗衣服洗床单，连产妇用过的物件……据说他跟同事表达过，受不了这样的侮辱，这就是结束生命的理由。我听到这个噩耗的来龙去脉，又想起丁爱柏的父亲，他洗的衣物里当也有这些污秽的东西，他或许也像别人一样从轻贱这职业而轻贱自己，或许做久了习惯了不再想这些，只是辛勤劳作，养家糊口，供女儿上学，希望她跟有钱人家的子女同样读书，有出息，有尊严地做人；他知道由于他是勤杂工人他的女儿也受歧视吗？他的女儿不会告诉他，但他如果发现女儿因出身而忍受歧视的痛苦，他心里是什么滋味？

从小学毕业到今天，五十六年过去了。没听说过丁爱柏的消息。不知她上了中学没有，后来几十年，是不是能够有尊严地生活和工作，不愁吃穿也无虞于各样的歧视。

丁爱柏也该近七十岁了，请她原谅我在这里重提往事，可能触动她幼小时候的伤心处。向她诉说作为小学同学的那一份歉疚，该也是完全多余的了。

古观象台

在今建国门以南不远。

我在一九四四年至一九四五年跟盔甲厂小学的同学上城墙飞跑的时候，距明亡的甲申（一六四四年）刚刚三百年。城墙上的活物儿只有酸枣树，在风大雨少的地方艰难地一年一年结酸枣。除了我们，只有喜鹊和昵称“老家贼”的麻雀经常光顾了。

我们选取登临的这一段城墙，在崇文门到东便门之间。到一九四七年、一九四八年的冬天，也跟宣武门以西顺城街上一样，城墙上挖了一个个的洞，穴居的是无家的流民。小报上谑称“城根旅馆”。

一九四九年“天翻地覆”，我没再去过这一带，估计城墙上挖的洞不住人了。五十年代初《新观察》上刊登了梁思成关于城墙上建花园的设想，我心里一动，想起在城墙上相追逐的惬意，不像《爬山调》里唱的“城墙上跑马（你就）回不了头，远瞭近看没有一条路”那么凄怆，马思聪却以这一句民歌做了《思乡曲》的主题。

拆城墙、修地铁的时候，我都无心关注这些事。地铁落成以后，听说那一带没拆干净的城墙坯埋没在由工棚转成的职工宿舍之间，走大路是看不见的。

最近听说要在崇文门和东便门之间修建明城墙遗址公园，已经从各处“人（民）防（空）工程”即七十年代大挖的防空洞，以及居民甚至部队干（部）休（养）所，募集到不少古老的城砖。

但我想，我们当年登过的城墙自然早已不在了。

那时候我们登过的古观象台，一直还在，早已修葺过，且曾开放，但今天的小学生，除非老师带来集体参观，怕不会像我们小时候那样好奇地攀缘窥探了。

中国大地上多城池，连山陕农村至今都可见百八十年土围子遗址。然而不毁于战火者，却在和平年代拆得无迹可寻。北京元代的土城，只剩几段，不奇怪；明代城墙已是砖砌的，若不下大功夫，本不会一干二净的。

但古观象台还是元代始建，它旁边紧靠的明城墙片瓦无存，它历劫犹存，该算是个奇迹。尤其在“文化大革命”中，它得到谁的保护，怎样保护下来，应该表而出之；各地寺庙园林、石窟木筑、名胜古迹，能够保留下来的，都有一段故事，应该立碑纪念。

我忽而想到，元朝在北京建大都，统治中国八十多年，是以“武”得国，又因“武”失之。然而它毕竟留下一个观象台，这也是奇迹。

小时候听惯了“八月十五杀鞑子”的老传说，对整个元朝的历史知道不多，也不想知道。近些年为了“民族团结”，中秋节吃月饼时，人们不再向小孩说那故事了，然而对元朝的政治经济状况，人民那时的生存状态，我们于真实的历史全貌又知道了多少呢？

南城根

这里说南城根，指的是由崇文门向东到东便门一段，城墙拆后，其地在现崇文门东大街路北。

我上盔甲厂小学，平常经镇江胡同、钓饵胡同，也有时候从后沟出去，沿着南城根向东走到沟沿头。

夏天中午，太阳晒得人发困。老长的南城根只我一

半个多世纪前，我到这段城墙上摘过酸枣。这是侥幸保存下来的残墙遗址。图中是向阳的南面，我那时总是从背阴登城的。

个，踢着土坷垃，听得见自己的脚步声。快到尽头，一道栅栏挡住去路，炎热的阳光下，墓地里密密的十字架耀眼地白。有两只挺大的黄蝴蝶盘旋其间，更显得阒静无声。

许多年后听说拆城墙的时候，我一下子想起的，就是这片墓地，阳光，白十字架，黄蝴蝶。

那时候没人告诉我这片墓地的由来，我也从没想要打听打听，似乎人们管它叫“鬼子坟”，我搜索记忆，也是模模糊糊的。

孩子们自有孩子们的心事。六年级时，不知谁提议要审问一个叫查国靖（化名）的同学。放了学几人挟持他到了南城根，我也跟着去了。我不明就里，听说查国靖跟着他家“柜上”的什么人去逛窑子，现在“小便”肿了，撒不出尿来，被同学发现。这个查国靖大我们四五岁，当时好像十七岁了，长得不高，瘦脸灰白，住在前门一带买卖家，说话带点山西口音，轻易不说话，功课一般，好像也不招谁惹谁，但他这个罪状，让我也义愤填膺，我们班里怎么能有逛窑子的同学！该好好教训他。结果怎样我也没闹清楚，好像他也没承认，大家也没打他，推推搡搡，警告他几句就把他放了。这件事过去也就忘了，有以正义惩罚邪恶的理直气壮。

一九六〇年前后，纪念义和团六十周年，我从阿英编的《庚子国变文学集》看到我家所住的船板胡同是当时所谓“教民”密集之地，于是恍然：南城根那片墓地每一个十字架下，恐怕不净是外国传教士，更多的是中国的基督徒，可能其中不少是死于庚子即一九〇〇那一年的。后沟的亚斯立堂从十九世纪末修建至今。美国基督教卫理公会开办的汇文学校是燕京大学的前身，后来改为汇文中学，校园就在船板胡同东口，直到一九五九年建北京火车新站——“北京站”时拆迁。

我上过盔甲厂小学即汇文一小，校长尚文锦（绣山）就是基督徒；有位蔼然长者刘界平给我们上过课，大家叫他刘牧师。他住在沟沿头一个宿舍大院里。那一片划为北京站的月台、铁道、候车楼已经四十多年了。

少年哀乐

北锣鼓巷

在鼓楼东的交道口大街上，北有北锣鼓巷，南有南锣鼓巷。

“本市交道口北锣鼓巷六十三号仇焕香先生启”，因为写信，这地址记得很清。我也登过门，进锣鼓巷南口不远，路东一小门，门前有几级台阶。进门是一狭长小院，仇先生就在一排北房里见我，是不是还有后院我没注意。

仇先生家在顺义，有房子有地。所以他能上北京大学，直到毕业，到汇文中学教书。一九四五年秋我进汇文念初一，教室在西楼北头的半地下室里，听他挥洒自如地讲国文课。他不是照本宣科一板一眼地讲什么“段落大意”，而是从课文放射开去，讲社会，讲历史，讲作者，使我们豁然开朗，大开眼界，也懂得了领略文学描写的细微妙处。自然有不少在当时或今天教学中都会认为出格之处，比方讲鲁迅的《雪》中说南方的雪“如处子的皮肤”，他就以“豆腐脑”和“老豆腐”分别比拟南方和北方的女性；又从中国古典审美推崇“樱桃小口”说到好

看门牌已不是“北锣鼓巷六十三号”，而是七十二号；看台阶我认出这是仇先生家的旧时门墙。

莱坞欣赏大嘴的女明星……仇先生把我们当作他的同辈似的。有时还说起一些跟课文无关的话题，无论关于时事，关于个人，都让我们格外感到他对学生平等相待，不摆出一本正经的架子。循规蹈矩的课堂秩序中来的孩子，欣喜于他的亲切，可以亲近，不像一开始见他戴着墨镜，看不到眼神，神秘莫测，心存几分畏惧；他看出大家的疑虑，主动说明有只眼睛怕光，所以戴眼镜，就使得师生距离拉近了。

但第一次作文卷子发下来，却给我一个下马威。仇先生在后面以极俊逸的书法批道："……非率尔操觚者可比，是从何处抄来？"

下课时我走上讲台，对他解释，我就是自己写的，没有抄袭。他没说什么，心里总是不信吧。第二次作文，他大概留意我当堂作业，相信我自出机杼。由此我们成了忘年之交。

一九四五年，我十二三岁，他二十七八岁，加起来一共四十岁，九十年代我到西郊双榆树南里访他，我们两人的年龄相加就是一百四十岁了。

一九四六年初寒假前，仇先生拿给我一本油印的毛泽东《论联合政府》。而寒假后他离开了汇文中学。这样，为了还书，我到他家去，师母王书珍在市立二中教国文，也是仇先生的北大同学。我住东南城，他住北城，相距较远，一两年间也常写信给他，他见信必复。我一度学他的字体，但总也学不像。

一九四九年初，北平守军傅作义部接受和平改编。城头易帜。有一天仇先生忽然远路迢迢骑车到我家，他说猜我准备“参加革命”了，我说正是，早就不想再留在学校读书，有些同学已经到基层工作，分到区委和派出所；

我有许多恩师。但只一九五五年与高庆赐先生留有一张合影。他先在抗日战争胜利后任汇文中学教务主任，随后到燕京大学执教；一九五二年调武汉华中师大。一九五五年一月，我采访武汉长江大桥工程，他带我到旧“黄鹤楼”——奥略楼前拍了这张照片。后来我们分别在反右派运动中落难，仅在一九六三年在北京见了最后一面。

组织上号召我们投考华大、革大，准备随军南下解放全中国。仇先生一反平时对我都是鼓励的口气，说，我看你还是继续上学的好。你不是立志学文学吗，那还是要多读书，打好基础。又说，除了毛泽东、周恩来，党内还有一个理论家刘少奇，最近写了《国际主义与民族主义》批判铁托。参加到里面去，文学的事业就做不成了。我答应再想一想，他大概看出他的意见我没听进去，又匆匆骑车走了。

我在关键时刻，人生的一个转折点上，没有听他的话。但许多年后回顾，即使一时听了他的话，我也不大可能像他设想的那样踏实读书，做成“文学的事业”。形势比人强，何况我的性格绝不是特立独行，能够卓然而立的。

仇先生去世后，我去看望师母。她拿出一个双安商场手提袋，里面装着两瓶酒，说：“他临去医院以前，还嘱咐说，这两瓶酒给你留着。他不能喝了，知道你还能喝一点。”我道谢接过来。

想找些话安慰一下老人，说起当年我到北锣鼓巷，还吃过您包的鸡蛋韭菜馅饺子呢。师母说：是吗？她已经忘记了。

我还记得。半个多世纪前仇先生风姿倜傥，音容宛在。历览沧桑后，愿您安息。

瑞金大楼

地在东交民巷西口路北把角。

这座欧陆风格的红砖小楼，与当年东交民巷使馆区一派建筑很是谐调。饱满的四个金字“瑞金大楼”竖写在墙壁上，似乎一直跨五六十年代，在七八十年代还熠熠生辉；没有当作“四旧”扫除，是不是把这楼名误会为中华苏维埃共和国首都瑞金了？

中国词汇说丰富也丰富，说贫乏又贫乏。这样的误会是常有的。

香山原有刘半农墓，这位“五四”运动时新文化的骁将，他的墓碑竟被红卫兵砸毁了，而附近一个国民党将领的坟头得以完好保存。若按当时“横扫一切牛鬼蛇神”的标准，这本是首当其冲的，但是墓前碑上大书“党国”云云，却被红卫兵小将误认为惯说的“党和国家”了，他们哪知道这党国不是那党国呢。

“新民”两字也是这样。陈铭德、邓季惺在二十世纪二十年代创办《新民报》，至抗日战争期间，在大后方广受欢迎；胜利后最盛时办到五地八版，直到被国民党查封才显得零落。讨厌的是抗日战争期间在沦陷区，日本占领者搞出了一个汉奸组织“新民会”，在北平遂有“新民会”的机关报《新民报》，占统治地位（战争后期新闻纸紧张，以《新民报》为主导合并各家成为《华北新报》），社址在王府井大街117号日本军部所属武德报社内。国民党来接管了，成为它们党报社址，一九四九年共产党进城，这里又成了人民日报社。

说远了，我要说的是前些年到北京（国家）图书馆查旧报，目录卡上有《新民报》，找出来一看，不是陈铭德、邓季惺创办的，而是日伪办的那一份。

从一九四六年四月“陈记”《新民报》北平版创刊，报馆就设在瑞金大楼。总经理是张恨水。我那时已读初一，而小学时就拜读过《金粉世家》等书，被张恨水赚过不少眼泪了。当时见报上说“北海”版是张恨水主编，我就投寄小品稿去。记得创刊没几天，这一版登过一篇《风筝》，抄袭鲁迅作品，旧初一国文课本选作课文的，可见抄袭者也多半是中学生。我还有点奇怪：张恨水没读过鲁迅的书吗？

我到瑞金大楼的新民报社去领稿费，本想看一看张恨水的（其心理与今之追星族同），没看到。二楼是编辑部大办公室，编辑先生们以为我替家里大人来，我说是领我自己的稿费，有人说：“看你的文章，以为是四十多岁的人写的哩。”

当时环视各位编辑，年长的怕还不到四十岁。记得有一位名薛汕，我因读过《金沙江上情歌》（是沙鸥、薛汕编的），故有印象。五十年代初，在《民间文艺集刊》上读到薛汕一篇文章，谈抗日战争胜利后的民谣，其中一首是从拙文引出的，其实那是我所杜撰，并没在民间口头流传过，我心中窃喜：薛汕同志被我瞒过了。

因为《新民报》最早刊发我的习作，我对之有一种类似知遇之恩的感情。有关“新民报人”的动态都挺关心。比如我记得它们的采访主任张仆野，是张恨水的三弟，还知道他喜爱京剧，有一回记者节的庆祝会上，曾经登台表演。又如从连载左笑鸿《血债》一文，得知同张恨水一起编“北海”版的左先生，曾在沦陷区被日本宪兵队逮捕拷打过；又从一则什么捐款的简讯，得知左笑鸿有位公子名叫左右中，觉得这名字起得别致。我估计这位左右中跟我年纪仿佛，该也在望七之年了。

世界日报社

旧址在今西长安街路北的西单图书城一带。

那是一座普通的灰砖三层楼房，门前白地黑字竖写的“世界日报”，跟报头题字一样。这个题字至今美国发行的《世界日报》仍然沿用。

抗日战争胜利后，《世界日报》在北平复刊，这份成舍我创办的民间报，是在古城里唯一能同国民党党报《华北日报》平起平坐的大型日报。它有多年的老读者。我母亲就是这样的老读者之一，她说：七七事变以前的《世界日报》就有“明珠”（副刊）！她说这两个字还是“儿化”音：“明珠儿！”

我跟《世界日报》的一点因缘，就在它的副刊。当时说是大型日报，其实起初也只有对开四版，第四版右边一半是副刊，左边一半登广告。带些文学性的“明珠”屈居右边下角。

后来，副刊真的回归世纪之初所谓“附刊”，它不在对开四版那一张上了，变成十六开四版的一小张，除了有一版“明珠”、还有一版“学生生活”。我给这两版都投过稿，主要在一九四六年这一年。听说“明珠”由焦菊隐主编，他在抗日战争前就主编过这一副刊。但我当时的感觉，就是平淡，现在回头看，没有显出焦菊隐应有的水平。自然，焦先生当时精力怕主要不在这里（光是导演话剧《铸情记》就要花多少精力），想是应成舍我之约，盛情难却，赓续抗日战争前主编“明珠”的旧业，但顶多是帮忙看稿发稿，不会专注地苦心经营，一个人时间有限，也就不该苛责的。

但“明珠”这一版也还有使我至今不忘的，有一位何海生先生，曾往宫门口西三条鲁迅先生故居拜望过朱安夫人，见她生活困窘，曾在“明珠”副刊上发表短文，呼吁募捐救助。后来陆续有反响，记得许广平先生也曾从上海来信感谢。

那几年，在北平的大型报纸，我常读的是《世界日报》和《华北日报》，还有《平明日报》《经世日报》《新生报》，据说分别由傅作义、李宗仁、杜聿明支持；小型报则常读《新民报》和《北平日报》，其余间或读的有《北方日报》《国民新报》等。

各报用纸不一样，以《新生报》为最差，又黑又厚又粗。《世界日报》的用纸显然赶不上《华北日报》，这就看出民间报在资源上没法跟党报相比。《华北日报》在抗日战争胜利后的北平，是接收了日伪统治时期《华北新报》的全部家底，这个《华北新报》是日伪统治后期因新闻纸紧缺，把北平所有报纸合为一家出版的，实际集中了沦陷区北平除印制教科书和其他书籍的新民印书馆以外各报的印刷设备，它在王府井大街117号的社址，也包括了日本占领者自己武德报社的办公设施和印刷厂吧。《世界日报》从大后方来，没有这种优势。它所用的一套铅字里最难看的是楷体，不周不正，歪歪扭扭，用作标题，很不顺眼。以成舍我这样的老报人，对用纸以至铅字不会不讲究的，每天的日报以这样的面目问世，当自有苦衷，迫于形势，也是无奈的吧。

《世界日报》因不属于靠拢中国共产党的进步报纸，加之成舍我去了台湾，半个世纪以来，有关它的忆述文字似很少见。只记得八十年代影片《城南旧事》放映以后，介绍原小说作者林海音女士，说到她在抗日战争前曾就读于世界日报社办的新闻学校，毕业后在报社供职。林海音后来回忆在古城的生活，说到下班以后[①]，途经宣（武门）内大街回家，冬日黄昏路边飘着烤肉的气息，可能还有烤白薯和糖炒栗子的香味。这是直到八十年代初期犹然的。那宣内大街路东的老字号“烤肉宛”已迁新址，店门深闭，烤肉的气息也关在门里了。以西单为中心改造街道以后，也不允许临街炒栗子、胡同拐角烤白薯了。而半个多世纪以前，像《世界日报》的记者以至编者，原来都是在糖炒栗子和烤白薯的香味中奔波的人，自然，也难免就用看了半截儿的什么报纸，包了热栗子或热白薯。

① 林海音上班不知是在西长安街还是石驸马大街（今名新文化街），反正都是会经过宣内大街的。《世界日报》在石驸马大街的办公处，一九四九年后也归了《光明日报》。我和彭燕郊就是在那里见面的，那年冬他一度在《光明日报》编副刊。

太庙图书馆

太庙在天安门之东，与西边的社稷坛——中山公园遥遥对称。中山公园是民国年间向公众开放时的命名（日本占领期间忌称孙中山，一度改名中央公园）。公园一进门正面的汉白玉牌坊，即一九〇〇年义和团杀德国公使克林德后，清廷被迫在东单牌楼以北竖立以示道歉的。“一战”德国战败，移入公园，榜书“公理战胜”，这在积贫积弱、战后犹被宰割的中国人来说，很有点阿Q意味。一九五〇年或一九五一年改用郭沫若题“保卫和平”四字。保卫和平固然不错，公理战胜又有什么不好？也许因为当时对第一次世界大战按权威解释是帝国主义战争，虽说从中挽回一点面子也不值得矜夸吧。不知是谁的决定，显然不是公园管理处做得了主的。

差不多同时，太庙也改称北京市劳动人民文化宫。

我小时却只知那叫太庙，是明清皇帝祭祖的地方（不知清朝入关后，把明朝皇家的祖宗神主牌怎么处置的）。哥哥燕平常在星期天去太庙的图书馆读书。他一九四七年初离开北平以后，我有时也去那儿借阅图书了。

记得头一次去，是从《辞源》查出《夸父逐日》的故事出自《列子》，家中无此书，便想到太庙，一去果然借到，手续简便。以后也去借看现代书籍，胡适的《四十自述》、戈公振的《中国报业史》，就是在太庙看的。

进太庙正门，往东拐，一小院内，一排平房，貌不警人，按现在习惯应该叫作阅览室。但藏有时下一般阅览室所没有的古籍。管理员似只一人。室内虽在星期日也坐不满。十分阒静，唯日光射入南窗，无声移动。

若不是社会的动荡吸引我的参与，我是很依恋这个读书环境的。后来想想，以北平之大，为什么这个好去处竟

现在的“劳动人民文化宫图书馆”仍在南门东面，但已不是原先小院里一溜儿北房。比起旁边出租给什么“中心”“事务所”来，显得门前冷落车马稀——仅有一辆旧自行车，我猜还是工作人员的。

只有稀稀拉拉的访客？也许当时真正的读书人全都家有藏书，家里无书的也就不找书读了吧。

一九五一年筹办“首都介绍”节目，曾经查阅过一些资料。明初为了修建太庙，从这一带赶走了几百户平民。可见紫禁城也有个逐步形成扩大的过程。今天太庙所遗除三大殿外，最可贵的是一片蓊郁的松柏树林，每棵都是合抱古木，树龄在五六百年。那时有一张艺术摄影，一群幼儿列队从这里的高高古树下走过，题为《老树新苗》。

也是在一九五一年，三大殿举办规模盛大的“镇压反革命运动展览会”，热闹恍如集市。展览会现场广播站有一两位年轻女播音员本是中学生，就此被选到中央台工作了。

太庙成了劳动人民文化宫，那几间图书馆不知是否还在，那里的藏书不知无恙否。

东交民巷

东交民巷也属于“雅化”了的地名，本来是江米巷，辟为使馆区后改名，倒还不卑不亢。

一九四六年我从这里走过，发现路北临街有一处小楼（或平房）是对外开放的，迥异于一些大门紧闭，门卫森严的去处。

这原来是个阅览室。冬天进门，暖气很足。靠墙是可以自取的书报架，当中是长桌、长椅，可以坐下静静地阅读。

我没有专门到这里来过，总是路过时进来翻翻看看。这里有上海出版的《时代日报》和《时代》杂志，比我在学校读书会里所见者全，还有一些画报是俄文的，读不懂，但精美的印刷，那另一片土地上的生活风景，还是令人神往。半个多世纪过去，具体内容都忘了，却还记得有一期杂志封面上是日丹诺夫的标准像，圆圆的大脸，大大的圆眼睛。这个姓名好记，后来又出了《列宁格勒》和《星》两个杂志挨批评的事件，批评者恰恰是日丹诺夫，然后日丹诺夫忽然逝世，这都强化了对他的记忆。

有一回，在冬天，从那里出来，经东交民巷往家里走。西北风大，我瑟缩着。有个中年的路人跟过来，也瑟缩着，搭讪说："冷吧？"我说，真冷。他问我住在哪儿，我说住船板胡同，他说顺路，一路走着，一路交谈，果然他送我到家，我停下叫门，他继续往东走了。

二〇〇一年初，我和当时汇文高班的同学曹国平（原名曹希贤）叙旧，知道他那时一度每个星期天都上那个阅览室读书，他确切地指认那是苏联对外文化交流协会（VOKS）办的。他说那里人来人往，总有国民党特务监视和盯梢。有一回他走出门，就上来一个人，问他是哪个学校的，为什么到这儿看书，看的什么书，最后对他说，你好好在学校上学，这里复杂，少上这里来。

老曹这么说，使我想起，那个一直跟我走回家的人，是不是也是带着“任务”的。我当时的印象，那个人是个失业者，所以也有空暇到那儿看看书报；多半我也信口问了他在哪儿干事，他没有明说，以致觉得他是失业的人吧。我那时十三四岁，对一个和和气气来搭话的人，不会警觉其有特务的嫌疑；如果一个特务连十三四岁的小孩也要盯梢，套话儿，实在也可见网罗之密。

尤其可见，明目张胆的坏人不足惧，带着“相”的坏人让人一眼就看穿；可怕的是和颜悦色的伪善者，不管是在籍的特务，还是外围的线人，心怀鬼胎而不带“相”，城府幽深而猎取你的轻信。

曹国平后来做了很长时期的公安工作，见识比我多得多。平心而论，我们所遇到的两个人（说不定还是同一个人），如果是特务，也还不算穷凶极恶的，应该同必欲置人于死地者加以区别。从后果看，即使他们对我们做了盘诘或变相盘诘，毕竟没有加害于我们。

不过，他们凭什么加害于我们？

学生公社

约在地安门西大街路北。看我“文化大革命”中的一则交代材料，说是景山后街。

应该是在一九四七年春天，“五二〇反饥饿、反内战”学潮之前，周世贤说有一个“文友联谊会”，星期天上午活动，可以认识许多思想进步又爱好文艺的朋友。

从我住的东南城，步行到地安门西大街，差不多一个来钟头。名为学生公社的，是一个荒落落的大院子，有个敞厅。我到的时候，已经围坐着不少人；出我意外的是，不但有中学生大学生还有三四十岁的“大人”。

过了半个多世纪，我能够回忆起来的，只是当时大家谈得很热闹，谈到苏联和解放区的文学作品，谈到《马凡陀山歌》和《寄给顿河上的向日葵》（皆袁水拍作）。来自北大的李凤仪还朗诵了艾青的长诗《索雅》（这首诗中的索雅，后译卓娅，亦译丹娘，是苏联卫国战争初期被德国纳粹杀害的十八岁女青年，战前是莫斯科的中学生）。

还商定要出一本油印刊物，让大家提供自己的文学创作。

大约隔一个星期活动一回，我参加了两三回，说停止活动了，我还有些惘然若失。

但我记住几个年长的人。

一个是陈鼎文，在美国新闻处供职。他是这个联谊会的主持者。

一个大家都叫她白大姐的，在惠中女中教书。

还有何揾彭和管文熊。何是位老成持重的中年人，穿长衫，戴一副近视眼镜。我先前读过他发表的关于苦茶庵的随笔；觉得他这人“内容”和“形式”相称，是有书卷气的饱学之士，一问，他在北京大学教务处做职员。后来我常常上北大去，校部就在民主广场西边院里。几次想去看看他，都怕冒昧，有一天终于冒冒失失敲了一间办公室的门，但他正忙公事，他带我到门外，说了几句什么，就别过了。我那时只是个十四五岁的孩子，他跟我只有几面之缘，能跟我说什么？不过，也因为我只是个孩子，大概还不致因此暴露他社会活动的踪迹，给他带来什么麻烦吧。

还有管文熊，也是文质彬彬的三十岁以上的人。他在前门一个银号里工作。他说他借住在礼士胡同亲戚家，这是我住过的胡同，便问了门牌号数。这一年夏天，在“五二〇”运动后，一切相对平静，暑假无聊，我在一个傍晚到礼士胡同找他。因为天黑，因为口渴心急，来回来去找了好几遍。时隔多年，印象已经模糊，好像是找到那门牌，究竟是人家告诉我，没有这个人，还是这个人出去没有回来，记不清了，反正没找到。

五十年代，听说管文熊在米市大街的银行做支部书记什么的。那时顾不上访友忆旧——大家都忙于革命或“被革命”。“文化大革命”结束以后，遇到一位原在银行系统工作的老同学，托他打听，没有下文。也是五十年代初，听说何挹彭似在华北局图书馆工作，华北局撤销，不知到哪儿去了。

不久以前，读到周世贤为汇文中学校友会写的纪念文字。他在“五二〇”前后接任汇文中学中共地下党支部书记。他提到陈鼎文主持的“文友联谊会”是个团结联系社

周世贤是我在汇文读书时的高班同学，他引领我这个不安分的少年走向社会。半个世纪后，我仍感觉到他那兄长般的目光。

会人士的组织，后来地下党学委通知，在校的党员和他们联系的群众就不再参加了，云云。但不知周世贤和我退出活动后，这个组织形式还维持了多久。

北池子·之一

北池子路西，从前是一拉溜小院。

一九四七年下半年，我常到一个小院去。

临街两扇门常开着，这也许是我爱来的原因之一，不用揿铃拉铃，叩门环或敲门板；那样的登门造访，我这个十四五岁的中学生可能认为太郑重其事，便不来串门了。

进门有个过道，因为北邻“吃”进来一块。然后有一排北房，那是书法篆刻家王青芳所住，我在杂志上见过他的笔法和刀法，那“芳”字总写作“艸”头。

正对街门有个小门，里面跨院西屋里，住着胡令蓉和她的母亲、妹妹。胡令蓉姐妹都是我在“学生公社”的“文友联谊会”上认识的，胡令蓉跟介绍我来的周世贤相熟，在我看来都是大哥大姐，周世贤是我信任的，胡令蓉自然也可信任。

上她家去，该是在“文友联谊会”停止活动以后，如果我记得不错，还是在我过了暑假转学以后。放了学，先从灯市口去沙滩，到红楼的北大孑民图书室借书还书。出门天色还早，便西行走北池子，到胡令蓉家说会儿话，从文学说到政治，是当时“左”倾学生喜爱的话题。胡令蓉好像已从高中毕业，没上大学，她总在家。她妹妹胡令漪，看来像我，也是放了学还不回家的，不大碰上。这时她家还有老母亲，我恭敬地称为“伯母”，她不参加我们的谈话，但慈祥亲切，在我看来她不厌烦小孩子，如果换一个人，让我看到我怕见的“家长”脸色，我自然不会再来。

我想我是一九四七年十月参加“民联”以后才少来直到不来胡家的。一是课余有了“组织生活”，一是懂了点地下活动的规矩，不打通“横的关系”。

一九五一年，我在中央电台工作。有一天参加台里同事的婚礼，不意又见到胡令蓉。那天新郎是记者杨兆麟，新娘是播音员杜婉华。原来胡令蓉和杜婉华在地下党时期同一个支部。她告诉我她现名胡泓，在西单区妇联工作。我猜她可能也一度转移到解放区，若一直在北京，没有必要改名。[①]但我没有问。我只问她妈妈好，老太太原来也是地下党员！

---

① 从北平到解放区去的同学，特别是其中有些还可能经过在城工部短期学习重回城市工作的，一定要改名，甚至相互隔离，以免暴露身份，在以后的斗争中为敌所乘。

我在当时中央台专稿组有位同事，叫余鸣玖。这位老大姐在解放区一九四八年的“三查三整”运动[①]中，在坦白交代了自己的家庭成分之后，谈到家庭成员中守寡的母亲时，总说母亲思想进步，因而在评议时总通不过，理由是：你又不是工农出身，你妈一个家庭妇女，怎么可能思想进步！余鸣玖有话说不出，因为她母亲就是地下党员。连她弟弟都借着小孩子淘气喜欢登梯爬高放鸽子掏鸟窝的名义，上房顶暗接天线，掩护地下党发报。——这都是后来我听别的同事说的。而当时她去了解放区，她母亲还在北平城里坚持秘密工作，她怎么能暴露母亲的身份！但她不忍心把母亲说成是一个糊涂老太太，说是“思想进步”，已经是“保守党的秘密”的临界点了。

余鸣玖的妈妈我没见过，我想象中也跟胡令蓉姐妹的妈妈相似。她们都是独力抚养子女的母亲，于维持生计之外，还在敌伪统治下做出参加共产党的风险选择，肩膀上分担了抗日、革命的重负。她们不愧为弱势群体中的强者，应该享受晚辈的钦敬。

记得海默写过电影《母亲》，似是张瑞芳主演。我看过文学剧本，其中有北海白塔的外景，写的就是这样的革

---

① 一九四七年九月，中共中央制定的《中国土地法大纲》公布后，在解放区结合土地改革进行了名为“三查三整”的整党整军运动。三查，在地方上是指查阶级、查思想、查作风；在部队中是查阶级、查工作、查斗志；三整，是指整顿组织、整顿思想、整顿作风。

命母亲的典型。海默四十年代初在育英高中部小花园里碰头决计投奔平西根据地时，我还在初小。他有《我的领路人》记其事，我是从那儿知道他与我为校友的。但缘悭一面，他在“文化大革命”中被革命群众拉到舞台上活活打死了。

中外出版社

原址在今西长安街路北，民航大楼一带。

记得是一九四五年秋，抗日战争胜利不久，我读到苏联（乌克兰）女作家瓦西列夫斯卡娅的长篇《虹》，这是我看到的第一本写苏联四十年代卫国战争的书，那战争的惨烈震撼了我。书是中外出版社出的，于是知道北平有一个中外出版社。

后来，周世贤知道我爱诗，还写诗，告诉我他有一个年轻的朋友，也爱诗，也写诗；姓唐，写诗用笔名“江水青”，这名字我好像在天津报纸副刊上看到过。那时我刚刚读过沙鸥、薛汕合编的民歌集《金沙江上情歌》，都是〔杨柳枝〕那样的四句头，有两句“雪山不老年年白，江水长流日日清”，不仅对仗工整，音调铿锵，而且形象清新鲜明，其中流动着永恒的时间，有一种悠长的余韵；我觉得江水青这位诗人的笔名也起得好。又听说他不是在校学生，在中外出版社当“小伙计”，于是我知道中外出版社也有卖书的门市。

我的家和学校都在东城，中外出版社在西城，西城我不大去。有一回去西单，在世界日报社东侧看到了中外出版社大字横标的店名，手写体，跟书上印的一样，不知是谁的手迹。

我惊喜，就踅了进去，想看看诗人江水青什么样。店里有人，但不像周世贤说的“小伙计”，我小时候腼腆，不敢贸然相问，而且，你问什么？你要买书不用找人，就是找到那个唐什么，你有什么可说，说“周世贤说起过你”？踌躇半天，谁也没找，什么也没问，书也没买，就走出书店。那是唯一一次上中外出版社去。

一九四七年秋暑假，我离开汇文中学，也就同周世贤断了来往。不知是看报还是听人说起，中外出版社被查封，有个唐×被捕。无从进一步了解具体情况，只暗暗惦着那年轻的诗人，却不知他是地下党员，还是外围组织成员，反正周世贤的朋友一定是进步的，是“自己人”。

到了五十年代，从《天津日报》的文艺周刊上读到署名宋大雷的诗，段有定行，比较整齐，但每个诗行较长，基本上是散文句式，这在当时以民歌体为主流的形势下，多少显得“知识分子气”，这引起我的注意。又是不知从什么地方听到，这个宋大雷就是当年那个江水青，于是我猜当年所谓姓唐，说不定也是假托，艾青《火把》中就有个唐尼。这大约不是周世贤告诉我的；我知道周在团市委工作，但直到一九五四年，一天晚上我和同事从护国寺一家小酒馆吃馄饨出来，才在马路上碰到骑车路过的周世贤，也只匆匆说了几句话，不可能大叙其旧。那正是一九四九年后百废待兴，百事待举，大家都忙，忙着各自“干革命”呢。

在读到宋大雷的诗前后，在《天津日报》副刊上还读到步星采的诗。这个诗人的名字，我四十年代末读诗时也有印象。后来知道他本名步毓成，在新华社总社工作。我们有一两次通信或通电话，但没见过面。到反胡风后再也没联系过。几十年过去了，似乎他早已不在新华社，不知现在何处。我从一九五七年沉船，自顾不暇，有时想想当年识面不识面的诗友，唯有默祝大家平安而已。

转眼到了九十年代，我从北京市妇联一份办得很好的《妇女研究》上读到宋大雷的研究文章。后来又在什么动态报道中，读到他在一个有关妇女问题的组织中工作。但似乎不再写诗了。

唐什么，或江水青，或宋大雷，当然是跟我一样，从青年而中年而入老境了。他大约不知道，同在古城的一角，有一个从没见过的读者始终记着他的名字，哪怕他改了名，并且从片片段段的信息中，欣慰于他仍健在。

这里附带说说，许多年后我才知道中外出版社和北方书店是中共北平地下党组织的两个“点”。北方书店在米市大街路西，我去过多次，不过只是买书，看书。另有在东单往南路东的一家小书店，一九四七年、一九四八年之交开过一阵，卖的也都是革命和同情革命的书籍，如马烽、西戎合著的《吕梁英雄传》，大开我的眼界。党史资料上不见记载，想来是党外的人开办的，“后遂不知所终”。[①]

北河沿

与北池子并行，北起宽街，南经沙滩红楼东侧，抵东华门大街。

从前这里确有一条河，河坡上面垂柳相接。我却总觉得冰心那篇《寂寞》里名叫“小小”的孩子，她姑母家就

---

① 前些年，周世贤兄在世时，有一次地下活动中的老同志在他家聚会，我见到了知名半个世纪的“唐 ×——江水青——宋大雷”，略悉他当年不是在中外出版社供职，而是在中南海新华门对面六部口北段路东一家“朝华书店”（？）工作，不知我当时怎么把它误记成中外出版社了，可能因一向很少到西城这一带来，再就是因《虹》一书而对中外出版社印象太深了。（邵补注，二〇一七年三月十六日）

该在这“小桥流水”边哪扇门里，暑假“小小”就跟姑母家的妹妹沿着河边跑来跑去地玩不够。

北河沿路西有个北大三院，我没进去过。好像在什么地方看到，瞿秋白、耿济之他们早年就读学习俄文的“同文馆”，馆址就曾设在这里。[①]

在北大三院北面不远，还曾开办过一家中学，校名我怎么也回想不起来了。有一天我从沙滩红楼回家，路过北河沿，邂逅一位原在育英的高墨林同学，说他转学到这里来了，我第二天就到他班里听了一节课。老师好像没发现坐在课桌前的有我这张陌生的面孔。

读育英小学时从一年级就同班的王维翰，他的父亲是贝满女中的老教师，据说也在此校兼课，也许还参与了这所学校的创办。

四五十年后，我在育英校友活动中见过王维翰，他已是执教多年的特级教师。记得我们在小学一二年级，他个子就高过我们，且有点老成持重的样子，天生是做老师的风度。

---

① 我听说过中央电视台崔永元一则逸事。他在广院学习时，戏称中国广播史为“广播搬家史”，惹恼了老师，这一门给了他五十九分。其实他的概括不无根据。中国共产党的广播电台始建于延安，其后在内战时期呼号“陕北新华广播电台”不变，却在华北解放区几易驻地。现在回忆旧京高校的文字不少，如有人能就各校在不同时期校址的变迁做一考证，也可以了解我国高等教育进退发展沿革的硬件情况，不仅仅是为了怀旧也。

而高墨林，后来就再没见过。我却记得他个头不高，脸黑黑的，尤其记得他家当时住在东不压桥，这个地名是上了清代小说《儿女英雄传》的。

在日本统治的后期，北河沿一段一段堆满了垃圾，形成土堆，“流水人家”“开门见山”不见流水了。我哥哥那时读高中，有一两年是在北河沿骑河楼的育英三院上课，每天经过这里。他正热衷于小说，继《清高的人们》由山丁经手发表在《中华周报》之后，又写了一篇《土坡上的人们》，从垃圾堆上冬日捡煤核儿的姑娘媳妇们的谈话写她们的生活，未发表；另一篇《弃婴》，好像也是从这里得到启发，发表了。

关于北河沿，我只写过一首短诗《颓圮的桥》。一九四九年之后，垃圾山移走了，但没几年，河道也填平

这是从我哥哥邵燕平一份月票或什么证件上扯下来的，大约摄于抗日战争胜利前后他读高中时候。他从小就比我老成持重；他那时对读书和写作的爱好，影响了我，使我决心走上文学的道路。

了。北河沿，南河沿，以及往南的御河桥，都成了路名，又不久，御河桥索性改称正义路了。

北河沿的北大三院那一带，先是变成工商联及其宿舍，后来路西又辟出一大块给最高检察院机关，一大块给了公安医院。

民主广场

在沙滩红楼北面。按照一般习惯，我本来应该写作：沙滩原北京大学老校址红楼后面，或写作：沙滩原文物局所在红楼后面，沙滩原文化部院内，以至沙滩现求是杂志社（原红旗杂志社）院内……但都欠贴切，因为自从五十年代初期院系调整，关闭了燕京大学，北京大学校部迁往燕园，近半个世纪以来知道沙滩是北京大学老校址的越来越少了；而进驻沙滩北大老校址的单位，都只各占用一段时间，且都是在“民主广场”之为“民主广场”之后；而由陈伯达负责创办的《红旗》——后改为《求是》杂志，按理迟早也将迁出这一片历史纪念地，乔迁某一新建的楼宇。所以用这些单位来标注地域，都不妥当。

更重要的是，民主广场，在我的心目中，已经成为一个历史的意象，它不是整个八十年代至九十年代被作家协会和文联几排简易楼所填充的一片空地，更不是近一两年来被求是杂志社改造成小桥石栏的乡村一级老人院附设小公园的模样。

那原是北京大学红楼后面的大操场，西与校办公室的小院相邻，西墙在四十年代末辟为“民主墙”，张贴壁报、标语；东南有门临北河沿而开，许多次游行示威的队伍在广场集合后，就从这个门走向北京全城；北面是一座灰砖的宿舍楼，仿佛一艘停泊的船，在它坐北朝南的正面，一九四七年大书了“民主广场”四个美术字，庄严典重，吸引着古城里的年轻人走到这里来，又从这里辐射到四面八方。

这里是经常进行群众集会的地方，民主墙下搭一个临时台子，纪念“五四”，抗议国民党的暴行，“反饥饿、反内战”……大学的甚至中学的同学，也有著名的教授登台讲演，控诉，呼吁，号召，间以激昂慷慨或意味深长的集体诗朗诵，总是掀起一阵阵掌声、吼声如暴风雨，如大海的波涛。

群众运动有退潮的时候，广场也有宁静的时候，但我来民主广场的时候，心情总是很难平静的。

我于一九四七年十月加入民主青年联盟，上旬或中旬的某个下午，在民主广场偏东北角席地而坐，开第一次小组会。地下党北平中学委的老丁（本名李营）参加了我们的会，讲了国内形势，我们的任务，以及组织纪律。

在那前后，有几次活动，都是相约在民主广场。广场西侧，通向北大教务处那边，有一座露天的时钟。我逡巡广场上，一边望着时钟，快到点了，约定的人还不来，就十分焦急。我写过一首《我等待着你们》，记述这种心情。

一九四八年四月，发生过国民党特务来北大捣乱的事，八月，发生过“八一九”大逮捕。但民主广场上虽有不少校内校外思想倾向革命和进步，反感以至反对国民党一党专政，有民主要求的青年出入活动，在平常日子里一般没有受到威胁：国民党当局不敢向校内派驻军警；大家知道北大教务长陈雪屏的政治背景，但还没建立如国民党逃台后在各校遍设的政工室，学生中的国民党三青团和特

“一九九六年七月。与邵燕祥同志摄于上海长宁支路三二〇弄一号五〇二室家中。李营时年七十三岁。”

又过了五六年，李营老人现在住在一家社会福利院里，遂了年轻时所愿，以画笔抒写世上风云。

务难以隐蔽，处境孤立。加上数量有限，不成气候，因此直到一九四八年末，北平围城，临近解放的生死决斗时刻，民主广场仍然可以说是一片自由的天地。

半个多世纪过去，我一闭眼还能见到广场上仨一群俩一伙生气勃勃的男生女生或疾走或漫步或沉思或争论的景象。即使在寒假，空落落一片寂静中，会忽然涌现一支队伍牵手成圈伴着锣鼓扭起秧歌，在暑假，“日长篱落无人过”，炎炎阳光下会从红楼窗口飞出一阵合唱的歌声，“布谷声声，田里水漂漂……”或是“山那边哟，好地方……”《茶馆小调》或《保卫黄河》，压过绿荫里聒噪的蝉鸣。

半个多世纪过去，这一切已烟消云散。

在整个中国，能记得沙滩民主广场往日时光的人，还有多少？

公理会

原址在今灯市口大街路北，育英学校老校门之西。

从前育英中学初中部和贝满女中初中部东西毗邻，一墙之隔。贝满初中是座“洋楼”，坐落在公理会院内西北角。公理会一进大门便是一片碧绿的草地，迎面是端庄肃穆的基督教教堂。

育英和贝满都是美国基督教美以美会所办。公理会云云是否美以美的意译，不曾深究。公理是典型的汉语概念。“一战”以后，把在东单为义和团杀害的德人克林德所建牌坊，移到中山公园，就题额为“公理战胜”。

这座教堂，只有做礼拜的时候才有人来，平时总是静静地坐在那里。它面前这一片绿茸茸的草地也总静静地铺在那里。只有早午晚上学和放学的时候，初中女生们叽叽喳喳穿过水泥的光滑甬道。

我们看准了这里的静谧。有一天下午放学后，育英校园里还有不少人打篮球，来来往往，闹闹嚷嚷的，瞅隔墙人已散尽，我们几个就翻墙而过，从教堂背后阴凉处跑过，从一扇没关好的彩色玻璃那儿进了教堂。

我们是一个秘密的读书小组。

只有这一次。以后就转移到西石槽朴景丰、朴景绩家里去了，那儿更隐蔽也更安全。

这次跟我们一起来教堂的，有个韩玉珠，后来没再参加我们的活动。但因他有个女孩的名字，所以我记住了。

这是一九四七年初秋。

秋末冬初，传来一个不祥的消息。在贝满女中教书的陈琏被捕了。陈琏是陈布雷的女儿。陈布雷大家知道是蒋介石的谋士、幕僚。由此可见政治斗争的复杂和残酷，远不是读读书发发议论。在像攻打石家庄这样的军事战线之外，同样激烈地肉搏着，你死我活啊。

地下党组织我们学习，进行气节教育：

如果你被捕了，怎么应对？怎么办？

如果有牺牲生命的危险，你怎样面对死亡？归根结底，你怎样看待生命？

你这时也许会留恋家庭，留恋父母，你认为你的生命是父母给的，“身体发肤受之父母”，但你知道你的出生纯属偶然吗？……

有一个比我大但也大不了三五岁的革命兄长，努力宣讲着，不惜用孔融的理论割断我们感恩的亲情，这样，我们就可以毫无负担地“挥手自兹去”了。

第二年，我已经离开育英，听说了韩玉珠被捕的消息。

五十多年以后，我才大致知道，韩玉珠被派到塘沽做工运工作，但他用的是在学校的一套做法，暴露了，被捕押到北京。从后果看，他所联系和了解的组织无一破坏，人员无一株连。然而就在解放初期名为“忠诚老实学习”的审干运动中，他还是失掉了党籍。一九七九年解决了历史遗留问题，他又干了几年，却过早地病逝了。他后来用的名字是韩嘉。

我每经过灯市口，不免向原来熟悉的地方望一望。育英老校门作为文物旧迹保存下来。两校合并，中间隔墙拆除。本来公理会院内沿东墙一溜白果树，在秋天阳光下闪着一柄柄金黄色精致小扇面的叶子，落地也是软软的一层，现在全都不见了。半个世纪了，怎么可能一成不变呢。

红楼

那时候我们说的“红楼”，就是指沙滩路北的那座红砖四层楼。顶多是听说日本人占领时一度在地下室关押过中国的爱国者。

那时候到沙滩红楼去，是为了上孑民图书室借书。孑民即蔡元培先生，老北大校长，和“五四”运动一样早隐入遥远的历史。图书室在一层，进门向西，北面头一个门，空间不大，但所陈都是我们想读的书，除了现代文学作品以外，还有人文学科的著作，如艾思奇、沈志远、韩幽桐等先生的书；北平沦陷八年，难得见到大后方的出版物，这些土纸印刷的书格外引人，还有某些解放区作品，在解放区印的或注明香港印的；再就是复员以后北平、上海出版的图书和杂志，基本倾向都是对国民党统治下的社会现实持批判态度的。

这个由北大同学办的图书室，面向的读者包括像我这样的中学生，甚至主要是我们。我们与北京大学没有任何关系，分散就读于各校，也没有任何抵押或保证，办一个借书证可以把书带回去。似乎也很少有人借去不还。那时的年轻人多么珍惜彼此的信任啊。

我一九四八年考入中法大学，校内活动多了，也办自己的社团和阅览处，这个孑民图书室我才不大来了。

在暑假，我参加过北大同学办的，吸收中学生们参

这里拍摄的是红楼东北角。红楼共四层及半地下室。二层东头是“五四”运动前后的北京大学图书馆所在地。红楼北面是一九四七年华北学联命名的“民主广场”。图中关闭的铁门，当年是民主广场——也是北京大学的东门。“反迫害、争民主”的学生游行队伍总是从这个大门走向全城。

加的歌咏队或合唱团。最后一次记得是由晏福民主持并指挥。他高高的个子，声音洪亮，戴眼镜，却不文绉绉。他是教育家晏阳初的儿子，“文化大革命”后听说他在某次政治运动中卧轨自尽了。一个英气俊爽的热情青年，一个这样暗淡血腥的下场，反差太大，难以联结起来，因为虽可想象，毕竟不知道其间若干年他是怎么过来的。

在歌咏队还结识了一位写诗的同学黄海明。几年以后，一九五六年我还接到过他的来信，那时他在阜外大街路南的城市建设部工作（部长为万里）。后来失去联系。

一九五一年，红楼二层东头开放了“李大钊同志纪念堂和毛主席在校工作室”。据说那里早年是北京大学图书馆，一九一八年前后青年毛泽东曾在那里供职，萧三著《毛泽东的青少年时代》提到过。

我当时手头有仇焕香师赠我的影印本《初期白话诗稿》，开卷即李大钊手稿《山中即景》，依次有沈尹默、胡适以至陈独秀的诗笺，记得陈诗有“万人如蚁北京城，安得有人愁似我”之句，行书匆匆写就，天头上写一大“独”字（正体，即所谓繁体），骨骼停匀，令我过目不忘。我决定把这部书转赠给“李大钊同志纪念堂”，那里无人负责接受，我便持到西门北京大学图书馆请为转交，由图书馆入门处签一收条。后来偶然重访这一纪念堂，未见陈列。红楼长期成为国家文物局机关所在，这个“纪念堂”兼“工作室”不知何时就悄然关闭了。那本赠书，也许会归入北京大学图书馆的书库吧。此书姜德明兄有藏，我以为是值得重印一下的。

惠中女中

旧址在今后门桥北，地安门外大街路东。

一九四七年在学生公社的“文友联谊会”认识了在惠中女中教书的白大姐。我一九四八年暑假到惠中女中去，却不是找白大姐，而是找《国民新报》的副刊编者孙复。

那年夏天我陆续用本名和汉野平的笔名，向《国民新报》的文艺副刊和“青年文学”版投寄了一批长短的诗稿。发表得很快，有时投寄三五天就刊出了，顶多一个礼拜十来天。是因为报社离我家很近吗？我想是因为缺稿子。

说近也真近。我住在船板胡同西口里面，出西口往北，过小报房胡同口，苏州胡同口，大街路东便是报社。但我没有到报社送稿的习惯，仍然是在小报房胡同口的邮筒里投寄。

我在“青年文学”版一则编者话里看到对我诗作的称赞，更让我高兴的是，在我的百多行叙事诗里保留了两行尖锐的警句：

> 我们有颠覆阴谋者的阴谋，
>
> 我们有绞死绞刑者的绞刑……

这出于我的口中，虽类于鲁迅所说李长吉“见买若耶溪水剑，明朝归去事猿公”那样，是该“打折扣”的“豪语”，但纸里包着毕竟是火一样的对暴政的憎根。天津一家大报的编者照发了同一首诗《金菩萨》，却单把这两行删去了。

《国民新报》版面上还发表了我一些不掩盖自己政治思想倾向的诗。虽不知道编者是什么人，但我暗自引为同志了。

这样，当编者在版面上以代邮形式约我一见时，我便欣然赶去。惠中女中校内，长夏无人，离校门不远有一间窄小卧室，看来孙复先生住宿读写皆在此。出乎意外，他体材瘦弱，个子似还没有我高，面有倦容。他除了教书备课，还要阅读稿件，编辑副刊，可能少不了在北京城街道上奔波……在谋生的同时，一定还像我一样怀抱理想，并且比我这中学生要为理想付出更多的精力：他的疲劳可以想见，而他的可佩则在不知疲劳。在那暑热的斗室里，我们交谈更多的大约还是文学，尤其是诗歌。

我记得我们少谈政治。也许他看我还是个少年，有意避开了重大的话题。这个暑假之后，我转入中法大学，有了一片新的空间，没有再给《国民新报》投稿，跟孙复也断了联系。很快就围城，就解放，就南下，没有忆旧的余裕。

这么多年，没见到孙复的名字，也没听到他的消息。从他能发表我那些露骨“反动”的诗来看，他当时在政治上倾向共产党无疑；然而从我后来对地下党情况的粗疏了解，他多半不在组织以内。如果当时他是一个党外人士，那么他与我约谈，也许本意是想通过我寻找党的关系。我的组织观念不强，事前既未请示，事后也未汇报，以为这只是与我写作和投稿有关的一次个人交往罢了。

骑河楼

在北池子和北河沿两条南北向的街道之间，一条东西向的胡同。

骑河楼这个胡同名儿，很发人遐想，然而楼之不存，殆有年矣。当年有楼，该是横跨在北河沿那条河上的吧。我没有寻有关典籍考察，仅凭直觉，在北河沿之东是南北向的皇城根，看来当年这一濠涧不在皇城之外，而在皇城之内，算不得护城河。而与骑河楼胡同相对，北河沿之东那条胡同，现名灯市西口原名迺兹府的，则是在皇城之外，虽然紧邻城根。这个迺兹府，是“奶子府”的雅化，原来住着康雍乾年代某个皇帝的奶妈，又是尊贵又是卑贱的皇家奴仆。

骑河楼近年的标志性建筑是妇幼保健院。在我个人记忆中，却有两处值得纪念，一是育英中学三院，除了个别班级在三院上过课以外，主要是一个运动场。我哥哥初中时迷恋过足球，正经买过二手的“拐子”——足球鞋，正经踢的是足球；我在小学时跟同学到这里踢球，踢的是小皮球，不成气候，而且是在暑假和星期天，趁足球场上空着没人的机会。这个场子有个好处，出了汗可以去淋浴，然后干干净净回家，可以回禀家里大人，说到同学家复习功课去了。

另一个值得纪念的地方，是西口路北的“清华大学同学会”。同学会与我何干？我每到这里是搭清华的校车，不但上清华靠它，上燕京也靠它。

四十年代末，特别是一九四七年这一年，包括我在内的一些北平中学生，经常往西郊的燕京、清华两个大学跑。不像现在有些中学生之向往名校，在家长老师的启发和督促下，在应试教育的规范和指引下，是憧憬着那里的硬件软件，旧有悠久传统，今有优异师资，尤其有例如清华出身亦官亦学的名人大腕，预示着一旦登了龙门，青云有望，或出国深造或跃上仕途，华厦宝马的锦绣前程。

骑河楼西口的清华同学会院落旧址早已翻新。唯后门收发室旁的小平房，从槅扇门看，像是当年老房子，或用当年老房子的材料盖的。

不，不是的。当时仆仆西郊路上，除了乘清华校车的，更多的骑自行车，是羡慕燕京、清华校园的民主气氛，主要是课外活动中焕发出的火热情怀和蓬勃生气。中共地下党组织有意通过这些活动吸引校内外的青年，并且把反美反蒋的政治信息巧妙地辐射开去。

我一九四七年的“五四”之夜，就是在燕园未名湖畔的篝火边度过的。我的激情带着意识形态色彩，然而还夹杂着不少少年的浪漫主义，对粗犷的诗意的品尝和追求，一半浸沉在现实的规定情境，一半浸沉在虚构的诗境的幻觉。回来以后为壁报写过一篇散文式的报道，标题就用了艾青的名句：“给我一个火把！”一年以后，还写了一首

《火的瀑布》。

许多当时的“知识青年”神往以至投身革命，不像工农群众那样基于实际的利害，而往往由一种精神的召唤，一种情绪的驱使，一种反叛心理的指引，以至一逞好奇冒险的冲动。

记得是一个大风天气，我从燕园北面，向清华园走去。风很大，路上行人少，只剩我和一个穿军便服的青年同路。走着走着就搭上话。不记得我们谈了些什么，但谈得还很投机，我不觉其为国军的“丘八”，而是像跟我一样的学生。只记得他叫高文儒，参加过入缅作战的远征军，似是青年军二〇八师的，即将到沈阳归队，是到这里（清华或是什么地方）向亲友辞行。他到沈阳后，还跟我通过一两封信。后来断了联系。在激烈的你死我活的内战中，他作为国军的普通成员，无非两种命运，要么战死或负伤，要么被俘遣散或加入解放军。得以保全身首性命并继续在国民党军队中升官晋阶以至撤退台湾后安度晚年的希望，在这支有名的部队里怕是十分渺茫的。如果不死，成为“解放战士”，参加了解放军，多半不会像工农出身的“解放战士”那样受到信用，后半生频繁的政治运动中，生死荣辱就看侥幸了。

在骑河楼与沙滩之间，还有一小胡同，有个美丽的名字：银闸。银闸胡同住着育英中学老教务主任黄子彦先生。黄先生平时并不住在银闸胡同二十八号幽静的小四合院里，而是住在灯市口四院高中部即严嵩府小花园的一间小屋，从早到晚关注校内师生课内课外的一切，敬业执纪，巨细无遗。同学们畏其严苛，但黄先生自律甚严，挑不出毛病来，只好背后嘀嘀咕咕。但育英的毕业生怀念及他，没有不心怀钦敬的。

我跟黄先生几乎没有直接接触过，但他的长子黄琮是我哥哥从小学就同班的同学，到了高中也还要好。他们要好的几个人，曾经在抗日战争后期办过手抄本的小刊物《天亮了》，都是坚决抗日的情怀。黄琮也是愤世嫉俗的，但他在抗日战争胜利后没有热衷于政治斗争，而是正经读完大学工科，后来到河南一家钢铁企业工作。其间一度回北京养病，我哥哥从南京写信要我去看望他。他不但于我如兄长，就是在我哥哥他们一群中间，也是显得最最“老气横秋”的，你想想，他在初中毕业时，也就是十五六岁吧，在我哥哥纪念册上写的竟是这样两句参透世情冷暖的唐诗：“闻道故林相识多，罢官昨日今如何！”

黄琮已故，其弟黄瑞小我一级，九十年代曾在校友会时邂逅，说到旧事，感慨系之。

钟楼

无论从哪个角度向北城眺望，隐在鼓楼背后那灰砖暗绿琉璃瓦顶的钟楼，都比鼓楼更吸引我。

鼓楼红墙金瓦，富丽雍容，像过去北京九城的每一座丽谯一样，不过中间多了一张大鼓坐在鼓架上而已。

钟楼似乎密闭得多，远远看去，门窗如黑洞。钟楼是独特的，更是神秘的。

它的神秘，在于它应该有钟声，据说如同一个少女在呼喊："鞋……鞋……"这是怎样凄厉的声音呢。

是的，就因为从我"怀抱儿"的时候，就听说那个故事：老钟匠的女儿跳进了沸腾的铜水，大钟才熔铸成型；但老钟匠赶来抢救独生女儿的时候，只抓住一只鞋。女儿的魂灵还在要那只鞋，随着钟声在空中如水波散去，消失在远方。

我没有听过钟楼的钟声。我出生的年代，钟楼已经不鸣钟了。但我想象着那一声声"鞋……鞋……"慢慢幻化成"血……血……"

人的命运为什么是这样的！

听得太多了为救亲人而牺牲。

冥冥中谁是这残酷的主宰？

谁说灾难都要用献祭少女来禳解？……

我在四十年代后期，每到交道口来，都向西步行到钟楼，围着它踯躅一圈。钟楼后身的地名叫铸钟厂，又成为一户户矮墙小院人家，只是露天半埋着一口钟，也许是什么年代从钟楼里换下来的旧钟吧？

总是这么思慕着，这么凭吊着。不知何年何月的那一霎，让人惊恐，困惑，不是悲惋，而是茫然。

一九四八年，我试图用笔重述这个钟楼故事，失败

周围已变往昔的冷落为繁华，一片熙熙攘攘的旅游市场。但蓝天下灰砖黑顶绿剪边的钟楼仍不失其巍峨。

了。后来我不止一次在诗里、散文里涉及它，都没能解释心底的一个情结。

这情结我想始于幼小听到的这个传说，第一次让幼小的心灵感到难以负担的沉重：关于生与死，生命如流星之一闪，生命归于万劫不复的消失……这是不可掌握的命运吗，这是毕生难解的谜团？

一九五一年春，我又到钟楼去过，那座废钟依然半截埋在铸钟厂胡同的一角。

二十世纪快结束时，好像有一个傍晚，我偶然经过那附近，想去看看钟楼后头是不是还半埋着那口往日的铜钟……但被周围小铺小摊煎炒烹炸各种吃食的油烟和嘈杂闹嚷的叫卖声包围，压抑着，我连忙逃离了……这是没有几年的事，但记忆力越来越差，我已分不清这是实有的经历，还是片段的梦境了。

北师大

在和平门外北新华街路西。

这里说的是老的北师大，也是旧址了。

现在的北师大，一九四九年以后，兼并了辅仁大学，并且就把校部设在定阜大街辅仁大学旧址，随后又在新街口豁口外开辟了新校园，建了新的教学楼和宿舍楼；但其设计是无特色的大路货，或也是当时一切建筑都服膺的“经济、适用，尽可能注意美观”的原则所限，比起清华园、未名湖的百年校园，便无足观了。

而一出和平门不远的老师大旧址，已经是宣武区教育局之类的办公地点。

四十年代后期，师大也频发学潮。一九四八年四月，国民党军警入校施暴逮捕学生，激怒了本校和外校的学生，师大新诗社的黎风连夜写了《血衣》一诗，在集会上朗诵，发出愤怒的控诉和抗议。二十世纪九十年代，我在《记忆中的诗和诗中的记忆》文中写到这件往事。

我知道黎风之名，是在那以前不久。他接替颜苇萌编辑《新生报》上一个大约每周一期的诗歌副刊。我给他投去一篇题为《春天，生命在跳跃》的诗稿，没有发出，却开始了我和黎风的通信。

记得是初夏，黎风约我在一个星期天晚上到师大找他。我去时似是换了一身衬衫短裤，比较整洁。黎风见我第一眼就说：“你是个小少爷呀！”我相信他没有恶意，而是说出他的直觉：这样的打扮，或者加上出于他意外的幼小，不是他从诗作想象的革命者的派头。我也注意到他，或许因为天色暗下来的缘故，显得黧黑的瘦削的脸上，架着近视镜，人也不壮，又不修边幅，是饱经风霜忧患的样子。果然，简单地说起来，这个出生在江西的诗人，已经跑过半个中国了。

这年夏天我到师大参加过新生考试。北大和师大都是公费，考上自然好，但我没考上。没考上也无所谓，因为我不是应届高中毕业生，而是跳了两级，有一搭无一搭。

再跟黎风见面，是北平易帜以后。他仍然继续编《诗号角》，向我约稿。我写了一首《告丘吉尔》，政治上是社会主义阵营反对英美的统一口径，而艺术上今天看来肤浅粗陋。那时黎风已不住在和平门师大校内，而是暂住在宣武门内石驸马大街（今名新文化街）路北，昔年有名的“女师大”院内。我到那儿把诗稿交给他，凭吊了院里“三一八惨案”纪念碑，然后以激越的乐观的心情同他告别，因为我已经决心南下了。

这一别就再没有见面。他留校任教，却在五十年代之初就在胡风之前倒霉，不久下放西安，晚年平反后很想回北京同当年的同学朋友叙叙旧，迄未如愿。我和他只是在八十年代至九十年代陆续通过几封信。

我在八十年代至九十年代，住在虎坊桥十五年之久，途经和平门不计其数，每回都过北师大旧址之门，但没再进去过。联想所及，无非三十年代鲁迅来师大讲演。见过那张照片，鲁迅曾想把在北平、西安的讲演编为《五讲三嘘集》的；公木老师记述过他参与邀请鲁迅来校讲演的情形。另一位谊兼师友的前辈左漠野，是在师大参加“一二·九”运动的，几十年后，一九八九年夏秋他以耄耋之年，听说我在病中，竟不辞路远跑来探望，他过和平门师大，做何感想……

想到四十年代，总会想起黎风，想起他编的副刊上一首题为《红灯》的诗，写一个在铁道路口红灯下卧轨自尽的青年的命运，我对黎风谈起这首诗对我的打动，我说，我从报上看到过一条社会新闻，就在和平门外铁道上发生行人自杀的事，他说那首诗就是这件事引发的。当年，出和平门就有一条铁道延伸而过，西去丰台。如果我记得不错的话，这条线路只走货车，发自前门西站。前门东站才是客运站，人们登车以后，列车便向东喷云吐雾鸣叫而去。

如今北京城区内已经没有过街的铁道路口。原先的前门东车站，十九世纪的西式建筑，当作文物保护下来了。过去的西车站，货运站，早已片瓦无存，在我题为《那时》的旧作里，倒是略略留下一笔：

那时，没有车票／我们走进北平的货运西站／那时，没有请柬／我们却像赴胜利的欢宴

那时，搭上运伤员的闷罐子车／我们觉得是幸福

的摇篮／那时，车停了散坐在铁轨上唱歌／车开了风驰过冀鲁平原

……那时，津浦路一直通向前方／我们出发就不准备回还

“那时”，指的是一九四九年，早已隐入时间的烟云了。

国会街

读杨纤如《北方左联会址》（十二月四日《人民日报》副刊），才知道一九三〇年北方左翼作家联盟的成立大会是在民国国会会堂召开的。这再一次证实我说过的，北京每条街，每条胡同，每个四合院或每座老建筑都有自己一段故事。

这个国会会堂以曹锟贿选的闹剧而著名；北京有一句歇后语：“议员飞墨盒——不赞成”，就是出在此地。

会堂坐落在今宣武门西大街路北新华社院内。宣武门西大街，在拆掉城墙修地下铁道之前，是城墙脚下的一条街，就叫国会街。一九四六年至一九四九年这个以建于一九一五年的国会会堂为主建筑的大院，为北京大学第四

院，简称“四院”，是大学一年级教室和宿舍所在地。一九四八年七月二十四日北京大学入学考试，有一个考场就设在国会会堂。

我所以记得这么清晰，因为那一天我就是到这里来应考的。上午第一节考数学，我迟到了半小时。那时候我住在崇文门内的船板胡同，要走到东单乘（有轨）电车，西行经过整条的东长安街、西长安街，到西单下车。周定一先生从云南“复员”到古城不久，他形容坐电车缓缓地穿城而过，说“像到外县去似的”。车慢，车少，行车也不正常。宿雨初晴，我在晨凉中出门，心情很好，没想到在东单左等右等，车也不来。好心情化为一片焦急，又化为无可奈何。再想学鲁迅先生步行，根本来不及了。终于登上车，到西单下来，赶进考场，脸上发烧，额头冒汗。数学大概考了零分，不过这怨不得电车，即使不迟到也会考零分的。

在这以前，我已经不止一次到过国会街四院。有一回好像是看《兄妹开荒》，国会会堂成了秧歌舞台。二十多年间有此变化，确是预告着一次天翻地覆的活剧了。

记得清的是几次到四院来找周定一先生。他经手在沈从文和他主编的《平明日报·星期艺文》周刊上发表了我最初的诗习作。我为了说明一篇散文的依据，把地下印刷的一本解放区报告文学小册子送给周先生去看；《窗花》中打狼的情节就是从其中的《一个村长打狼的故事》所铺陈的。周先生的家口都还在湖南鄜县，他住在口字楼的宿舍里。有一两次我在星期天下午去拜访，他不在家，我便在院子里转转看看——也就连同“瞻仰”国会会堂的旧址——星期天的校园里几乎没有人踪；再去敲门，周先生已经买书回来了，我记得其中有文化生活社的《快乐王子集》，王尔德著，巴金的译笔。那是一九四八年初的一个下午，暖熏熏的明晃晃的，冬末而有春意了，周先生给我看了他的一首新诗：“我打开了今年的第一面南窗……”

每一次从国会街四院走出来，都要停下脚，看半天——大门迎面灰黑城墙上三个顶天立地的白粉笔美术字：“反迫害。”每个字有两丈见方，笔触刚劲，具震慑力，你不觉得这是站在墙上的三个字，而是三个大字呼吼着向你扑来，訇若沉雷：“反迫害！”

记得这三个字，一直到北平解放后还历历可见。

新华社和中华人民共和国成立初期的新闻总署占用了这个大院。一度常到这里来开会、听报告，也都是在旧日的国会会堂。台上台下尽名硕，不及备述。

此文为一九八九年十二月四日作

原题《国会街忆旧》

中法大学

旧址在东皇城根北段。

这所大学，早在一九五二年高校院系调整时就已关闭，所属系科，分别划归北京大学、南开大学和北京工业学院（现北京理工大学）。不过它的校史赖校友会的编纂以存，它在现代风云中特别是四十年代后期的学生运动中的表现，则赖当时地下党领导的学运参加者的记忆以存。

据闻，在开辟以旧皇城片段为主题的历史文化公园时，位在其中的中法大学教学楼和图书馆等建筑得以保存。

去年（二〇〇〇年），部分校友回到老校址聚会，那里多年来由一个研究所使用，因为没有什么重要的建设，所以没有什么明显的破坏。看来，研究所经费有限，不可能大兴土木改建扩建，倒成全了对一座有纪念意义的旧址的保护。

我们到校址北面探寻老宿舍院，却大失所望，面目全非。原先除了互相连接的几个大小院落，还有一大片内墙外面的空场，任风吹着，任太阳晒着，如今填满了草草砌起来的简易平房，曲里拐弯，不成章法。其实这种失望本应在意料之中。一九四九年接管北平以后，各种规格档次的老房子，除了成为“首长住宅”的以外，几乎都极少修缮了，有的是因为缺钱，有钱的是怕露富。到了一九五八年，大量占用较大的四合院，或开街道工厂，或办街道幼儿园，一来二去，提高了人口密度，增添了违章建筑，加快了拆旧速度。后来更不用说了。

这张在岁月中模糊了的老照片，摄于一九四八年十二月围城中的北海。中法大学新诗社的成员们以抑制不住的喜悦准备迎接解放。右前第一人是我，我旁边是新诗社社长陈继昭大姐；我后面蹲着的是魏绍嵘，他于一九四九年参军，“文化大革命”中不幸去世。

我曾想，到二十世纪四十年代至五十年代，北平除了紫禁城外，还能比较完整地保存了一些明清相袭的大宅门和像样的四合院独门独院，恐怕是因为李自成只统治了不足百日，义和团又匆匆来去，而太平军则压根儿没能打进来，其中任何一支队伍若是长久坐上龙庭，后果都很难想象，或是说不难想象：以今例古，也是一种可行的思路吧。

中法大学当时的地下党员、盟员，凡留在北京的熟人，近二十年来差不多都在校友活动里打过照面，有些总还有所知闻。我却想起一些不属于这个圈子的同学。

我一九四八年秋进入中法大学。发榜以后，上课之前，到校预习过几天法文，认识了几位法文系高年级的同学，其中就有一位高高个子，年纪较大的葛富履，这个名字因我过去有个好朋友叫葛福群，只差一个音，一下就记住了。

正式上课的头一天，我从崇文门船板胡同家里步行到校，这条路是常走的，没有觉过累。可这天走到亮（晾）果厂，快到了，就浑身无力，胸闷恶心，我蹲在路边休息了一会儿，才慢慢走进学校，走进教室。没想到在Madame吴木兰[①]的第一节法文课上，我竟忍不住呕吐了。同学们把

① 邓云乡先生一本书里忆及中法大学，还提到吴木兰的名字。这位老师教我们还不到半年，在一九四八年围城时，有一天约了我们几个同学到她家去，她说要回法国了，表示惜别的意思。她家住在台基厂柴花篮一座小楼。

我安排到男生宿舍院西屋的一张床上，这个床位就是葛富履的。他照顾我漱口洗脸，喝了热水，安顿我好好静卧休息。下课以后又来看我，知道我没事了，才放心。他给我的印象是虽不多言多语但有关心幼小的兄长风度，他也确是兄长，至少比我大六七岁呢。

因为不在一个年级，我又是走读不住校，跟葛富履的接触不多。后来时常到男生宿舍的“向阳斋”找同学——从斋名就知道住的都是政治方向相近的一心“向太阳”的一群，说起西房的葛富履，不知谁说了一句“复杂”什么的，从此我就对葛有了戒心。

二十世纪九十年代中后期，我在一家什么刊物上见到一篇谈北京风物的文章署名葛富履。没错，我想，这就是他，那位老同学，这个姓名相重的概率不大。看来葛富履还在北京，不知这几十年怎么过来的，离开中法以后，是不是还被人怀疑或歧视？即使年纪比我们大些，社会经历或人事关系复杂些，或是因这样那样的原因没有参加我们的“学生运动”，是否就算是“落后”甚至“反动”？当然，对葛富履的说法不是当时地下组织的正式评价，但即使是个别人的不负责任的一说，也反映了自负“单纯”和“进步”的如我这样的人，当时对人对事简单化的“左派幼稚病”——这种病灶在一定条件下会变成极“左”顽症的温床的。

青春踪迹

门楼胡同

在东四十二条胡同内。

一九四九年一月底，解放军先遣部队入城。北平的人们都面临着生活方式、生活道路的转折。

我所在的中法大学校园里，同学们的心都浮动着。无非是两者之中选择其一：继续读书，还是走出学校；走出学校，当然是指参加革命工作了。

地下党员和外围组织民主青年联盟的盟员，已经有两批由组织抽调分配到党的东四、西四区委和公安分局，做基层工作。其余的，要求带动非党的同学一起投考华大、革大、南下工作团。大军马上要南下解放全中国，部队和新解放区都需要补充干部，青年知识分子——大中学生正当首选。

记得我分到的任务是去动员女同学虞端。她弟弟虞积仁是我小学里要好的同学，他家还有个虞积松是我哥哥的同学。小学时候功课不算紧张，同学们常彼此串门。邻近洪同昌家住的什锦花园，是马大人胡同，虞积仁的父亲开了一家私人医院，有个很大很大的院子，完全不合于老四合院的格局，我到那里玩过，没有曲径通幽，花木掩映，却是开阔敞亮，洁净无尘。

知道他家迁居了，我到东四十二条找到虞积仁，他父亲仍开私人诊所，但规模较小了。匆促间我只向他说明了来意，他正读高中，当然还要把中学读完；至于他的姐姐虞端，听说她家绝不可能同意她参军南下，我索性也没找她本人就回去了。

两年以后，一九五一年初，虞积仁因肺结核休学在家，我又去看过他，他住在靠近门洞的一间房里。

然后，经过了整个的五十年代、六十年代、七十年代，以至八十年代，辗转听说虞积仁后来读医学院，长期下放甘肃，已经回到北京；他姐姐虞端完成了法文系学业后，一直以她的语言专长从事对外联络工作。我想，如果他们姐弟当年听了我的动员，弃学革命，他们的生活将会是另一个样子无疑。

世界不大，后来发现亲家母与虞家有亲戚关系。因说起虞家至今还住在门楼胡同，我才想起这个遥远的地名，又说起“文化大革命”期间，萧乾就在他们院里住了几年。

我读过萧乾一九八七年写的《搬家史》，但因为书里都没写出胡同具体名称和门牌号数，怎么也想不到跟虞积仁家联系起来。

我的印象是，萧乾一九五八年被划定为右派下放前，就被逐出了东总布胡同作协宿舍。他去农场，妻子儿女和孩子们的三姨就在东北城一个死胡同里栖身。[①]一九六二年或一九六三年，萧乾从农场调回，急欲安一个像样的家，从电线杆子上的售房启事找到离上班不远的一条胡同，有几间南房，就买下了。据房主说，这一排房一九五八年被街道占作托儿所，这两年反“五风（包括共产风）”，退回了，怕闲着再惹麻烦，决心出手。萧乾没说是哪条胡同，我估计就指的门楼胡同，那么房主就是老虞家了。

房主担心的，萧乾没有料到。一九六六年“文化大革命”事起，这个大半生漂泊者营筑的小窝又在所谓群众运动的大风雨里砸烂了。花盆砸烂，鱼缸砸烂，镜框砸烂。他们被入住院内的新邻居扫地出门，赶进一间窄小的东屋。随后夫妇都发配湖北咸宁干校，只剩羽毛单薄的小儿女随着三姨过紧日子。

世事如转烛，不能尽如平民百姓更不用说牛鬼蛇神的意，但也不能尽如领袖导师权威巨擘之意。发生了像林彪

① 萧乾《搬家史》中记大杂院里一个做过暗娼的女人每每借拍打孩子骂街：“小兔崽子，长大了你当什么都可以，可就别当右派！”这是她出于某种需要的发泄，喊给萧乾和文洁若听的。此事即发生在那条死胡同里。徐城北文（见《人物》二〇〇〇年第四期）说是门楼胡同的邻居，不确。

出逃坠机的事，原来要让干校成为安置收容“学员”长期落户定居的计划不得不重新考虑。萧乾文洁若夫妇先后回到北京了。

亏得当地房管所新提的副所长是个文艺爱好者，前几年两次运动高潮间相对平静的几年里，他还是个青年木工，拿习作的短文向萧乾请教过；他还念旧，在他的职权范围内做主，义务劳动日带着瓦木工人来到萧乾所住的这个院，三下五除二另开了一个边门，把原先的门洞堵死，开上窗户，连上门洞边的门房，给萧乾一家隔出了好歹可算两间屋的作息空间。萧乾一家大小，连同三姨，就此在这湫隘的门洞又住了两千个日夜，直到一九七八年迁往天坛东里。

就在萧乾原住的一排南屋于一九六六年“文化大革命”风暴初起被人抢住的同时，整个这个院也成了十几户聚居的大杂院。我想，虞积仁的老父亲当也不再应诊了。而萧乾后来住了好几年的那间门房，好像就是当年虞积仁养病时住过的。自然，我没有核实，也没有核实的必要。

门楼胡同这个院落，在它建成后的几十年中，不知几易其主，阅历过多少星霜；单是一九四九年以来，它经的见的就够写一本书，不比一个人、一个家庭的“搬家史”简单多少。虞家迁来的时候，我一九四九年和一九五一年两次造访的时候，甚至萧乾一九六三年前后买下几间南屋的时候，谁能预见到后来的一切呢？

按院胡同

按院胡同在复兴门北顺城街。

一九四九年二月，农历的新春正月，刚刚迎接解放军入城的北平，三千多中共地下党员，五千多民主青年联盟盟员，犹如庆祝史无前例的节日。

魏绍嵘是我在汇文中学就结识的诗友，大我三个年级。我跳班上了中法大学，又成同学。这时候还编到一个民联小组里了。

有一天他约我到按院胡同十号去，说商量办一个文学杂志的事。到了那里，主持其事的是诗人青勃，我在《诗创造》上读过他的作品。

说起办杂志，大家兴头都很高。我们倾向革命，倾向中国共产党，其中不能不说各种进步期刊起了很大作用。许多文学杂志，我们知道是党办的，或党支持的。我们诗中歌唱的原野，指的多半是解放区，我们诗中向往的光明，几乎就体现在共产党身上。

我们不必互报身份，都是一见如故。有两三位穿灰棉军装的（记得其一是侯敏泽），似是进城参与接管的，他们承担到军管会去办理登记。我们相信：在国民党统治下，我们还办了大大小小那么多文学刊物甚至是油印的；现在解放了，还不是更该放开手大干了吗？

会后我准备南下，就没有再问这件事。直到五月底调回北平，魏绍嵘已参军走了。我参加广播电台工作以后，纳入一定的工作和编制序列，一心便不再旁骛。过一年见到侯敏泽，他也到《文艺报》做编辑了，没再提起我们自己办刊物的事。

后来仿佛听说，我们计议的期刊，在一九四九年春夏，曾以《文艺劳动》的刊名出版过，敏泽或曾预其事，青勃不知是否还挂名。我好像偶然翻阅过，编委阵容似乎大大扩充了。这个记忆在疑似之间，也许《文艺劳动》跟按院胡同之会完全无关。

再读到青勃诗集《鹁鸪鸟》时，他早已在河南。八十年代以后重逢，彼此都有了一段划右派的经历。说起三十多年前的事，青勃说那是他的一个朋友愿意出资，他便出面操办的。我知道青勃四十年代在国民党统治区进行共产党的地下活动，很活跃，社会交往也很多。

那个按院胡同十号，是个道地的小四合院，室内铺的花砖地，油漆髹饰也还新，不像老式的没落之家。从那时又半个世纪过去，门牌号也换了，不知院落主人换了几茬，已划进房地产商开发的蓝图否？

我工作在广播系统，远离文学出版单位，虽在一九五七年有人倡导同人刊物的是非关头，我也从没再做民间办刊之想。但我记得一九四九年初到广播电台，领导我的左荧（后任广播学院院长，已故）上过延安鲁艺，参加革命以前就是文艺青年，一直喜爱文学。闲话间还透露过想要离开广播工作，去办文艺杂志的念头。今天记得他这个话头的，可能只有我一个了。我想，他的这“私字一闪念”，至迟到一九五五年反胡风时就该彻底打破了。

解放初期，不是组织分配，而想联手创办出版物的人，多不多？我们都太天真了。

铁狮子胡同

张自忠路旧名铁狮子胡同。现在的张自忠路三号为中国人民大学的校产，门前仍有一对胡同据以命名的铁狮子。一九四九年曾是“华北大学”在北平的校址。

一九四九年四月十四日，我们铁狮子胡同华大一部的学员，离开北平西车站（当时的东车站是客运站，西车站是货运站），乘闷罐车经津浦线、德石线去正定老校址。我是三月十六日才到铁狮子胡同报到的。那天下着蒙蒙雨，我自带简单的行李，外面包着一层破漆布，没有打湿。

这是我正式“入伍”的第一站。只顾扑身向革命，全没留意跨进了一道古香古色油漆暗淡的朱门。

并且就在这从明末已具规模，曾经燕聚歌舞、酒香肉臭，又生离死别、恩怨情仇的府邸里，接受了近一个月的关于“革命须知”的“基础教育”。

分配到班里，遇到的不光有跟我一样年轻的面孔，来自各校的同学，还有不少年长的，仍然穿着各自家常衣服的三四十岁的人，有男有女，若是在街上见到该叫大哥大姐以至大叔大婶的，只好统称“同志”了。

不管习惯不习惯，睡通铺，吃大灶，听起床号即起，列队上街绕过背后的府学胡同跑步一周……听大课，回班里分组讨论。一天到晚紧锣密鼓不识闲儿，我只能在午休或晚熄灯前偷空拿出小本子，写几句田间式的参差错落的短诗。

一切都是集体行动，除了吃饭、睡觉、学习、出操以外，还有作为文化娱乐的扭秧歌和唱歌，有一首简单的歌曲，想来就是原在哪个学校读书的同学配合任务写的：“我们大家手牵手／我们彼此肩靠肩／没有恐惧，更没有留恋／一心一意齐向前”，第二节反复，末句唱“新的中国在前边”。当时唱着顺嘴，根本没有推敲过词义，好像唱过一阵也就不再流行。几年后在反胡风的运动中，在心里过电影，想起那句“没有恐惧，更没有留恋”，若质问恐惧何指，怕是词作者有口难辩的。好在唱过这首歌的都已星散，没有人提出问题。

我们接受着革命形势教育，革命形势随着南下大军的脚步疾速发展着。三月下旬，党中央毛泽东等领导人来到北平，一批民主人士也接踵而至。我们则是准备随军南下。

早自二月二日解放军入城式，十二日全市庆祝解放大会，加上立春，过大年，东风生，阳气动，我的心一直动荡着，盼望的盼来了，跟着共产党走。怎么走法？学校里地下党组织还没公开，民联实际上半公开了；组织上已经抽调一些同志到北平城内各区参加基层工作，同时号

青春规范于制服之中。摄于一九五一年。

召大家参加华（北）大（学）、（华北人民）革（命）大（学）和以陶铸为首的南下工作团。我投考华大，以为这就是响应了党的号召，完成了嘱托的任务。

在华大过着紧张新鲜的生活，过了半个月，有一天校内搭台，召开建立新民主主义青年团暨民联盟员转团大会。我没有得到通知，这才有点着急。怎么回事？你没转关系来。什么关系？组织关系。怎么转法？

于是才请假半天回中法大学。进了宿舍院，顿时有人去楼空之感。男生女生宿舍熟悉的房间，不见往日熟悉的大哥大姐们，都是光光的床板，尘封的桌椅，撒在地面墙角的零纸散页。要找的人不在，好不容易从并非直接领导我的同志手里拿到一纸介绍信，立马赶到东长安街团市委，找到张大中同志，很顺利地换了组织介绍信，回铁狮子胡同。

其实，在我转来组织关系以前，已经得到相当的信任，例如派我做通信员，报道班里的学习动态，也就是说，“用”我的笔了。在通信员开会时，遇到一个略大于我的活跃分子，记得他叫胡延陵，好像五十年代还在新华社哪个分社当记者。

主持过我们班的工作，担任类似班主任职务的，先后有何东、方华，据说后来都在人民大学执教。我们这一批去正定，就是腾出北平校址来容纳更新一批学员。待到局势大定，吸收知识分子到新解放区工作的任务基本完成，一九五一年，在原先华大（也许还有革大）的基础上，正式建立了中国人民大学，首任校长就是大家尊敬的，我也十分尊敬的吴玉章老人。

吴玉章人称吴老，辛亥革命参加者，一九四八年度过七十岁生日。他在进城之前就是解放区华北联大——华北大学的校长。华大校训“忠诚　团结　朴实　虚心”就出自他写的校歌，校歌似由李焕之作曲，至今我还能唱：

> 华北雄壮美丽的河山/是我们民族发祥的地方/争得了人民革命的胜利/新民主主义的道路/无——限——宽——广——
>
> 我们是新文化的先锋队/要掌握新时代的科学艺术/学习马列主义、毛泽东的思想/我们忠诚、团结、朴实、虚心，意志坚强/要把新时代的革命潮流/更推向高涨
>
> 勇敢，勇敢/我们要表现人类创造的力量/勇敢，勇敢/我们要表现人类创造的力量

吴老在人民大学校长任内，一九五五年教师谢韬被定为胡风分子后，还曾让谢一家住在他家里，直到住不下去。一九五七年他也曾表示不主张把女生林希翎划为右

派。他以宽广的胸怀，长者的慈爱，欲呵护校内的师生免遭厄运而不能。

〔**附记**〕许多年后，这个张自忠路三号仍然是人民大学的校产，但主要是辟作部分教职员工的宿舍区，其可称历史文物景点的主楼，似是人大管辖的剪报社用来办公；还有一些建成于清末或民初的西式两三层楼，分别租给了社科院等单位。我曾经到这里的人大宿舍拜访过朋友。我听说近年一个把我的"语录"引入《反对毛泽东文艺思想言论摘编》的人也住在这里。

我曾经说这块风水宝地"藏龙卧虎"，却不是指的其人，龙啊虎啊他还够不上。我是记得在什么地方看到，有个当过国民党北平市警备司令的楚溪春就曾驻在这里；而一九二六年"三一八"惨案时好像他就在段祺瑞执政府里做什么什么，我记不清了。若查政协的《文史资料》可能找得到线索。这在今天我们看来同属于遥远的历史了，但二十世纪二十年代和四十年代中后期的北平，虽然分别是北洋军阀和南方新军阀蒋氏政权，但相隔不过二十年，两"朝"为官的人也大有人在。二十年代三四十岁的人，四十年代也不过五六十岁。一入仕途，便易恋栈，即使在阶级基础完全不同的人们当中，虽齿豁目茫而高位重权蝉联不舍者还少吗？

在二〇〇一年的春天，我有机会在这个老宅门大院子里从东到西从北往南逛了一圈，发现当年我在华大时足迹不出班组，心志绝无旁骛，纵没有探寻这“一入侯门深似海”的府邸的沿革，横没有把它大大小小的楼庑院落尤其是腹心部分走遍，这倒符合一个只面向未来，只一心想走出北平古城义无反顾地南下解放全中国的年轻人的心情。

打磨厂

在崇文门外大街路西。

二十世纪八十年代初，我访问波黑的萨拉热窝老城，发现七十年代末风靡我国的南斯拉夫影片《瓦尔特保卫萨拉热窝》几乎全是实景拍摄。

那古老的教堂，仍按时传送着深远的钟声。下午在阳光下走过那不大的广场，扑鼻是酥油加热的香味，温暖亲切。广场一头有条窄窄的街巷，老远就听见“大珠小珠落玉盘”的繁响，疾徐有致，是一双双工匠的手，依照默契的节奏捶打着铜片使之成型，家家如此，互相呼应。

街道整洁，毫无败落之象。铜盘铜器锃光瓦亮，金灿灿地摆设罗列着。这就是我在那电影里看过的景象。我忽然想起，这个小巷也应该就叫“打磨厂”。

而在我的北京南城那个叫打磨厂的胡同，已经没有这般繁华热闹。但谁又知道往昔比方八十年前、一百二十年前或者更早的年代，最初命名打磨厂时，是不是也这样生气勃勃风光过？

我见到的打磨厂，那手工作坊聚居区的特色已近泯灭了。

一九四九年五月二十八日，我们从正定乘火车到北京前门“东车站”，就住进打磨厂路北一家旅馆里。

这是前门外典型的旧式旅馆，进门有个南北长方的天井，我们被安排在二层楼上，前有廊后有窗，比天井里敞亮，但洗漱须下楼。里里外外窗明几净，地下铺的花砖。我们从吃大灶、睡通铺的地方来，反倒有点不习惯，怎么也想象不出这是中央组织部的招待所。

我当时闪过一个绝不该有的念头：八大胡同的高级妓院也就这样格局吧？然而这里明明是旅馆，门口挂的匾写着正字“利顺德”还是什么，总之三个吉利的字眼。

我们在这里住了两三天，我们从华大调来的七个同学，明确是去往广播电台，另外几个从外地调进北平的年轻人，记得有个河北口音的女同志，很爽快的，叫吴琼华（她说她要改用别名吴穹），是要到中央机要局的。似乎组织我们一道学习了点什么，记不起来了。六月一日我们到中央广播事业管理处报到，就告别了这个闹市中的人生驿站。

后来看革命历史题材的影片，也经常出现革命者以至革命领导者坐在老财家厅堂里或宝眷绣楼上开会、决策一类的镜头：好像革命的人和不那么革命的景不太搭调似的。

但逐渐习以为常了。一进城，能够占用能够征用的，除了敌方的驻地、反革命人物的家产以外，还不是各类旧有的公用建筑？中央组织部新设的招待所，也不仅是这样的小旅馆，最堂皇的数东华门大街上绿琉璃瓦顶的翠明庄，一九四六年军（事）调（处执行）部时期叶剑英就住在这里，“革命传统”可谓悠长了，直到世纪末，这才开放对外营业了。

几十年间我没再到打磨厂去看望过。不知曾作为中组部招待所的那个旅馆充当何用，产权转移否。

谁说革命者只能睡马路，住草房？无产阶级将获得整个世界，建起新的楼堂馆所别墅园林，美轮美奂，不让旧时代的华堂美屋专美于前了。

〔**附记**〕写此文后，友人告诉我，打磨厂过去是生产磨刀石的，这与我原来的猜测（包括制作金银铜器在内的五金手工作坊集中地）大不相同，姑记于此，不做考证。

西长安街三号

指二十世纪五十年代中期以前中央人民广播电台原址，在今西长安街路北中宣部与电报大楼之间。

五十年代的西长安街，窄窄的，并有有轨电车通过，因此总是一片嘈杂，或称一片繁华。西长安街三号坐北朝南，是临街一座老宅邸式的大红门，面对着汽车自行车车流如织，伴着有轨电车叮叮当当，还有对外的高音喇叭轮流播放李波唱的《翻身道情》，王昆唱的《夫妻识字》，还有男声唱的陕西“眉户调”《十二把镰刀》，“一把两把，两把三把，三把四把……”再从十二把倒溯着唱回一把两把，比原本“五更调”唱蚊子嗡嗡嗡嗡更铺排，唱得心里闹闹的。这是一九四九年秋冬西长安街上的典型“音像”。

从大红门往里走，呈丫字形，左边通向邮电部大门，有岗哨，右边通向电台，也有岗哨，傍着白地黑字的机关牌匾，一九四九年十月一日前为“北平新华广播电台”，十月一日后改为“中央人民广播电台”，新政权建立后，成为国家电台了。

进门沿着一条甬道向北。右边是长墙，与西长安街二号的市委、市政府相隔。左边头一组平房是北京市台。往里走，一座二层木结构老楼，下边做大食堂和伙房，楼上是小灶，以及党委、团委、人事处等政工部门。最后是一座看似民国初年修建的西式楼房。

这里四十年代就是广播电台。我读小学时，几次随老师同学来表演过节目，那时的儿童节目都在晚上五六点钟直播，秋冬坐大车进院，天都黑了，看不清什么。大播音室在重新装修以前，保持着几年前的老模样，一进门就感到了：这儿我来过。

把这个电台首先是它的播音、传音全部技术设备完整地保存下来，从国民党手里转移到共产党手里的，是原电台职员中的两位：梁镇湘、徐泽义，老梁是中共地下党员。一九四九年二月初，随军进城代表中国共产党接管的技术人员是曾在南开大学执教的黄云。黄云是韦君宜的妹夫，韦君宜在五十年代写到妹妹思想发展过程的文章曾经提到他，没点名，但我对上号了。这是一个老实可亲的技术人员，我从一九四九年一进电台就认识了他，广播大厦的修建，老党员蒋建忠和他任工地主任，技术设备方面更全靠他这个内行在现场过问，那工作量很大，他总是默默地完成任务，谦和毫不居功，与蒋建忠一样。老蒋是进城第一任行政处长，工人出身，一九四〇年初梅益译的《钢铁是怎样炼成的》一书在上海出版时，是他拉着黄包车从印刷厂把书拉出来的。直到一九九〇年，他跟我在虎坊桥做邻居，他儿女较多，住房还是拥挤的。看着他陪老伴上医院或老伴陪他上医院，我从他们互相扶持着蹀躞而行的身影，忽然想到“本色”两个字：是工人本色？老一代共产党人的本色？我也说不清。

这个电台，其实又是抗日战争胜利后国民党从日伪手中接手的。沦陷时期这里叫“华北广播协会”，会长周大文。后来唱京剧《红灯记》中铁梅走红的刘长瑜，就是周大文庶出的女儿。

我想知道这里在北平沦陷以前是什么地方。有一回接中央农村工作部部长廖鲁言来录音，请他在小楼的客厅里休息，闲话中他说，他来过这里，是遭到国民政府军事委员会北平军分会的拘禁。那时候蒋介石为了拉拢张学良，给了他一个北平军分会的名义。这个北平军分会机关所在地奄有包括西长安街二号、三号的范围，就是说如今东邻彭真市长的那个院落，当年也属张少帅麾下呢。

五十年代廖鲁言家住西城孟端胡同，就在我住过的屯绢胡同北边。未几，廖鲁言大约是同邓子恢一起，因在农业合作化问题上跟不上毛泽东的步伐，遭到贬谪，离开京城了。

一九四九年时，整个中央台编辑部，编播及辅助人员不过二三十人；对国外、对华侨几个语种的编播人员，也只占几个办公室。后来有些省份（如察哈尔、平原）撤销，接着大区（东北、华北、华东、中南、西南、西北）撤销，有关省台、大区台的干部调京（只华北没有大区一级电台），对外广播也不断增加新语种，又开办对部队、对台湾广播，办公面积不够用了，就在紧南头临街盖了座三层楼。直到复兴门外真武庙不但盖了宿舍而且盖了粉楼、灰楼等几座办公楼，广播局和电台迁移新址，时在一九五五年至一九五六年之交。

我前后在这个院里盘桓了六七年之久，台阶高低，楼道明暗，以至人事的变迁，一一如在目前。我在后楼的二层上住过，在二楼一层好多个办公室打发过我的青春。至今一听民乐合奏《金蛇狂舞》《步步高》，就仿佛回到五十年代，我的桌子紧靠北窗，窗外一排平房就是广播民乐团排练的场所，我们上班，它们也上班了。

西长安街三号院，移交给北京市文化局和北京市文联。我跟北京市文联素少联系，一九五七年夏天频频收到它们的开会通知。我去过一两次，它们把北楼前面原先加盖的传音科调度室改为会议室，使我有物是人非之感。那会议的内容更让人久久不快。以后再没来过。

而每每经过西长安街，看到密密麻麻一排白地黑字牌匾，远远一过，也看不清，揣想是文联所属各个协会。但我总要望一望三层新办公楼上一个向阳窗口，那曾经是我所在工业组的办公室，不知今天什么人在那儿办公了。

九十年代后期，东邻老北京市府院旧址上，新建了中宣部的办公楼，一体蓝色的闭光窗玻璃；再经过电台旧址时，发现临街那五十年代古板的三层办公楼，也已经又被一排以蓝色闭光窗玻璃为标志的新建筑给遮蔽了。

留有我的记忆的景观消失了，我的零碎的记忆再也无所附丽。不知道现在三号的门牌挂在哪里。西长安街马路中心线以南大体保持了早先的经纬，以北，先是车行道加宽，人行道后退，经过一连串改建，仍在沧桑变化中。

先农坛

在宣武区南纬路。

先农坛原是明清两代皇家祭祀先农、天地以至“太岁”的地方，民国后多有变迁。这里指的主要是原址东南部的先农坛体育场。

一九四九年七月一日晚，中直机关（应该还有北平市直属机关）在这里召开大会，纪念中国共产党诞生二十八周年。

这是在经历了“农村包围城市”的长期斗争，终于进驻了著名古都也是内定要建国定都的北平——北京之后，这是在渡江占领了国民党一党专政的中华民国的首都南京，并且准备成立由中国共产党领导的联合政府执政的新中国的时候，欣逢建党的纪念日，谁说不该隆重地纪念?

我随着广播电台的队伍到达，兴奋、新鲜。第一次听到中国共产党是在七月一日这一天诞生的（后来经考证应为一九二一年七月二十三日，“七一”或取大数，或取肇始之义，或取易记，或索性因为长期以来湮没失忆），第一次过这个革命的节日。半年以前，还是旧中国旧社会，那时候除了过大年，清明端午中秋重阳，只知道一个阳历新年，一个四月四日儿童节，一个十月十日国庆日，还有一个洋节圣诞。至于有革命意义的节日，则是每年三月二十九日，以黄花岗七十二烈士纪念日为青年节。

革命了，胜利了，党教导我们这不同于历史上的改朝换代，而是翻天覆地的大变革。改朝换代尚且要改年号，翻天覆地首先要改元，中华民国三十八年改称公元一九四九年，正如辛亥首义以后，再没有大清宣统四年，只有中华民国元年了一样。

这一年三月二十九日，没有过青年节，青年节改在五月四日即“五四”运动纪念日了。在这之前，过了一个从前一般人没过过甚至没听说过的“五一”国际劳动节。至于儿童节由四月四日推迟到六月一日，国庆由双十节提前到十月一日，又把八月一日南昌起义纪念日定为“八一”建军节，都是后话，也是人们生活和观念革命化的题中之义吧。

这就是我感到“新鲜”的缘故。

我们生活在时代的转折点，旧时代与新时代的接合部。“咸与维新”是必然的。我甚至感到我们民族历来是喜新厌旧的，时时在弃旧图新之中。早在近两千年前，王莽便改国号为新，并大改郡县之名。而近百年来，尽管守旧之徒对欧风美雨深闭固拒，但辛亥革命一刀斩断帝制的长辫，“五四”以后，趋新成为时代潮流。《新青年》、新文化、新文学、新诗，乃至新民主主义即新三民主义。新中国是我们梦寐以求的。六月下旬召开了新政协筹备委员会会议，这一次是一定不同于旧政协的协议撕毁一场空了。毛泽东入住中南海，中南海正门的“新华门”三个大字，好像几十年前为中南海的革命化预先布置的，时令一到，便进入“新华日报”“新华通讯社”等等的同一系列了。直到一九五六年知识分子中出现的“新思潮”，在一九五七年被认定为阶级斗争“新动向”，便转而批“新”，说刘宾雁的大皮包里装着的所谓新，是要让中国人民吃二遍苦，受二茬罪。这是后话。

就在这天——一九四九年“七一”当日，党中央机关报全文发表了毛泽东昨天写定的宏文：《论人民民主专政》。虽还没来得及细读，却已从广播中齐越金声玉振的朗读中感到它的博大精深，挥斥方遒，慷慨激昂，睥睨时空，这是中国共产党二十八年历史的光辉总结，这是新中国开天辟地的奠基之论。

怎么能不欢呼雀跃?

先是先农坛上空密云不雨，跟我们的心情不合拍。不过此刻专注人间，顾不上管天上的事情。谁知你不管它它要管你，一阵疾风过处，骤雨追踪而至。嗷嗷一片惊叫，几分埋怨，几分欢快，几分起哄，释放着集合起来默默等候中积存的声音和能量。从看台望下去，场内纷纷撑起早有准备的一朵朵雨伞，一时蔚然如雨后森林里疯长的一大片五彩缤纷的蘑菇（当天在场的著名女记者子冈就是这么描写的，次日一见报就受到批评）。巧得很，不一会儿风云过境，骤雨初歇，夕阳余晖从云缝乍露，不久前的惊叫不觉转为欢呼。

这时欢呼加上掌声忽然如潮涌起，原来毛泽东、周恩来、朱德等走上主席台，都在向四面八方招手，一时我竟没看出谁是谁来。

这是我第一次近距离看到毛泽东，印证了关于他十分魁梧的传说。回到家就在小本本上写了一首短句组成的诗，记录激动的感情。但这首诗——如果也叫诗的话——写得太粗糙了，当时就不好意思拿给人看；后来被人称作诗人了，就更羞于示人，暗中思忖，见过许多流传的粗糙的诗，大概都是在“无法（用语词）形容”的激情中写成的吧。

随后一说起那天的雨后放晴，毛泽东适时出现，我听周围的议论，总透着一种天人相应的迷信色彩，就如说什么真人显灵，头顶佛光，或是赌咒发誓就说“天打五雷轰”之类。这样的巧合，在九月下旬某一天又发生了一次。那个下午新政协在中南海怀仁堂开会，宣布建立中华人民共和国之际，怀仁堂外云层中滚动一阵雷声。诗人何其芳于是写出了那首多年收入语文课本的诗：“新中国在雷鸣中诞生……”云云。

何其芳当然不会有天象感应一类的迷信。像“共产党，天心顺，真诚为百姓”这样的歌词出现在孟贵彬的独唱《歌唱毛主席》中，原是采自陕北民歌的。

那年“七一”过去没几天，《人民日报》刊出了老诗人俞平伯的自由体新诗《七月一日红旗的雨》。他当然也没有宣扬天人感应的迷信，他只是记录了那晚的巧合，淋漓的兴会。

五年以后，由批判俞平伯的《红楼梦研究》发难，继而从批判胡适转入揭发所谓“胡风反革命集团”。在这两个战役中，何其芳都是处于批判者一方的地位，他写的有关文章带总结性质，权威性或仅次于周扬。但在其后的岁月中，在他主持文研所的工作中，对俞平伯还是有所保护，绝没有斩尽杀绝，在他和俞平伯之间，也没有恶语相加，“撕破脸”，这固然与所谓“把学术问题和政治问题加以区别”的政策界限有关——何其芳是一定会执行并恪守政策的——恐怕也与何其芳不失自知之明有关；他对自己之写作《论红楼梦》，老实地承认是临时抱佛脚的结果，他对俞平伯的学问应该也是承认并服气的，虽知俞平伯是钦定的胡适派资产阶级学术权威，在运动高潮过后，也不致如某些人那样偏执以至于极端了。

但在对胡风的态度上没有看出这样的松动。那可能是长期以来认定胡风文艺思想属于异端，相信了有“材料”证明胡风不仅是与周扬作对，而且组成集团与党争夺领导权，这是作为《在延安文艺座谈会上的讲话》的自觉阐释者和捍卫者的何其芳所不能容忍的；另外，内心深处，是不是对胡风的学问——他的理论和创作，以为都无足观，不具有俞平伯那样的价值呢，死无对证，无从稽考了。

〔**附记**〕一九四九年十月某日或“十一”前夕，还是在先农坛体育场，开过一次欢迎苏联文化代表团的群众大会，正副团长法捷耶夫、西蒙诺夫跟大家见面。记得是孙维世担任翻译。

此后我没再去过先农坛，无论是看球赛还是开大会。好像北京市的群众大会一般都转到露天的中山公园音乐堂去开了。

双桥

地在东便门外铁路线上，属朝阳区。

一九四九年后，中央人民广播电台双桥发射台就设于此，我在技术部门工作的朋友，好几个在那里工作过。五十年代初，我住在城里麻花胡同电台宿舍，那里同时也是麻花发射台，有个铁塔就在我们那排房子窗外。从安全说到逸事，有人说双桥的铁塔下面，下雨天，从铁塔的角铁连上一根电线，就能听到广播节目中的歌曲、乐曲。我凭常识不信此说，但说的人言之凿凿。也许就像“文化大革命”期间一个“专政队”的队友，硬说干涸的洼地上，一下雨，草籽就能变鱼。

当时双桥发射台周遭都是农田，如果偶有老农避雨到铁塔附近，又凑巧在不见收音机或高音喇叭等可做声波载体的地方，隐隐听到音乐的声音，附会出这样的传说，倒是可能的。

一九四九年秋冬或最迟是一九五〇年清明，我母亲一个人到双桥去过，我事前不知道，没有陪同。当时处于中华人民共和国成立初期，我们上下班制度严格，我更绝无请假的事。不过，即使我有时间同去，按母亲的性格也不会找我，她知道她是去上坟，不但与“革命”无关，甚至会因墓主身份而与“革命”大相径庭的。

双桥有我母亲娘家的坟地。母亲真正惦念的是她的母亲，我的外祖母。我称母亲为“娘”，没照满族称谓叫“奶奶”，我称外祖母，却不像汉族叫“姥姥”（北方）或“外婆”（南方），而照满族称谓叫“太太”。

“太太”去世就葬在双桥。

从我记事，就记得有个乡下人偶或上门来找我母亲，说“给姑太太请安”，知道他叫“二李”。后来说起看坟的，就是指他。

母亲在一九四九年或一九五〇年那一次扫墓后，再没去过双桥，很久以后她才告诉我们，那回她到双桥，找到二李家，二李在土改中成了积极分子，分了房子分了地，看来光景不错。母亲怕他为难，没向他提出任何要求。

以后二李也没再来过。我们搬了家，他来也不一定找得到了。

一九五八年全国到处平坟改田，估计外祖母一家的坟地也已消失。不记得当时《北京日报》上登没登催促迁坟的通告，因为生者自顾不暇，即使登了报也注意不到了。

北京沦陷时期有一位散文作家毕基初，二十岁左右就以小说《青龙剑》闻名。四十年代后期在中南海东边的艺文中学（后为二十八中）教书，我还在天津《益世报》上读到他的新作。“文化大革命”后期偶然结识，他说先在朝阳区教育局工作，受冲击后下放双桥农场多年。不久他病逝于垂杨柳医院。因涉及双桥，附记于此。一代代人，生老病死，人去楼空，物是人非，已足令人感伤，何况沧桑屡变，风景大殊，不但往昔时光一去不返，并旧地也已经不复踪迹了呢。

府右街

在中南海西侧。

在我小时候，与北海隔一金鳌玉蝀桥，中海和南海合称的中南海，虽里面星散着一些这样那样的机构，但还是不失为一所公园。我对瀛台、卍字廊、流水音还多少留有美好的印象，全不干前清的宫闱秘事和变法旧闻；城市里的人渴望领略一点水木清华，呼吸一点草香野趣。

我们这代人目睹了四十年代末李宗仁把白地黑字“国民政府军事委员会委员长北平行辕”的招牌、傅作义把白地黑字“华北剿匪总司令部”的招牌先后挂在中南海南门；一九四九年又目睹了这个“新华门”髹饰得金红璀璨，悬挂宫灯，不挂招牌，人人知道是中共中央、中央人民政府所在地，是毛主席、周总理居住的地方。中南海从此成为一个政治代号了。

由此上溯三十多年，中南海也曾赋有浓厚的政治色彩。因为当时这里成为袁世凯的总统府。大总统吃饭，每顿有鼓乐伴宴，这规格胜过“钟鸣鼎食”了。做总统之不足，还想要皇帝的名分，传说章太炎故意误读“新华门”为“新莽门”，就是讥袁世凯如王莽的篡汉。如传说属实，固是太炎先生的敢言，也是一介文人的无奈。

府右街者，即总统府西边之街也。黄粱梦短，八十三天称洪宪皇帝，似还来不及改街名，便一直延续下来。“文化大革命”中一度由红卫兵改题韶山路，没几天又改回去了。

关于府右街，大事我不想说。只记得一件有关小人物的小事。

记得我曾保留过一九四九年夏天中央台编辑部部分人员合影，一共十多个人。其中有一个小青年，也就十八九岁，叫李义武，是刚刚参加电台工作的，从哪里来记不清了。但他跟我属于一个团支部，业务工作却跟我不在一个部组，他具体是做什么，我也记不清了。

我能记得的，是他精干，身体不错，有个尖下颏的清俊的脸，跟大家相处也挺随和的。谁知一两个月后，不见了，听说他精神错乱，送去治病了。好像团支委还去看望过他，而他家就住在府右街。

再过一阵，可能从医院出来，但健康情况不能再工作，便送回家，“脱离组织”，他家人也接受了。我不知道他团员组织关系有没有转到他家所在的街道，还是形同除名了。

李义武的精神病，据说是因恋爱问题引发的，详情一概不知。后来再没听到他的消息，每想起他后来的日子，不知是怎么过了。因恋爱问题而受刺激而一时精神错乱，应该有可能治好。他若是恢复了健康，还能参加工作吗？还能参加什么工作？在五十年代，学校是公开招生的，毕业生统一分配工作；而机关团体事业单位，一般不向社会公开招收工作人员。因为“参加工作”不是如旧日所谓求职找饭碗，而是等于“参加革命”，过了一九四九年华大、革大、军政大学适应革命形势大举招生的机会，想“吃公粮”就不那么容易了。倘若此路不通，在五十年代初期，只能到私营工商业或民办文教单位去工作，到五十年代后期（社会主义改造之后，没有私营企业和民营单位了），社会上无业人员被视为闲杂人员，只能听从街道居民委员会分配做体力劳动临时工，最好的情况是到街道所属的集体经济单位分一碗饭吃。李义武会走哪一条路呢？

记得李义武曾经在参加革命后一度改名“李锐”。我后来又认识了老小两位李锐。这也是我常常想起李义武的原因之一。

我每次走过府右街，也常常想起他。府右街这条马路，东边迤逦是中南海的红墙，西边则原先的平房院一仍其旧，这么多年没有兴建一座二层以上的楼房。出于对首脑机关驻地加强保卫的需要，这是可以理解的。而半个世纪以来，政治运动的潮涌不但一波一波地冲击着公职人员，也或迟或早地漫灌了大小街道上的居民；一九五八年北京要搞“四无城市”，六十年代宣传“人人都有两只手，不在城里吃闲饭”，一九六六年更大规模清理“五类分子”遣送下乡……“重地”府右街路西小院平房里的老居民，能够全不触动吗?

我希望李义武至今健在，但我想，怕也早就迁离府右街，不知到何方去了。

俄文夜校

当时借用灯市口育英中学校舍。

一九四九年十一月，有一天梅益同志叫我到他办公室，说：“中苏友协办了一个俄文夜校，给我们两个名额，你和刘淮去吧。”

开学典礼在育英中学高中部举行。一九四八年暑假我才离开那里，传说是严嵩府。

俄文夜校校长王之相。那天到会讲话的有阎宝航和罗叔章。他们的官衔我没闹清，阎宝航我当时只知是东北籍知名人士，在大后方就从事中苏文化交流活动；罗叔章女士是那种典型的从职业妇女中产生的社会活动家，出口成章，说话得体，看得出十分历练泼辣，后来听说她当时曾任政务院副秘书长。我原以为是党外人士，如确任此职，那就和阎宝航一样是在国民党统治区工作的中共秘密党员了。

正式开学是在石驸马大街（今名新文化街）借一个女中的校舍。但头一天就遇到停电。后来转到灯市口育英中学，先在初中部临街的教室，接着固定在高中部头一进院子的教室了。

我每天下午一下班，匆忙吃过晚饭，就骑自行车从西长安街飞驰到灯市口，冬天一路昏昏灯火，有时还会冰雪载途，夏天太阳还没落，总要大汗淋漓。一直学了一年多，到一九五一年初有个什么借口，我就辍学了。在俄文夜校学得的俄文单词，已经所记无多，只是还认得字母，能拼读出来。不过当时上课的情景历历在目。

我们班的老师是丘琴。班上的方成、钟灵就在同学期间开始合作，画国际题材漫画，主要是配合抗美援朝宣传，用漫画武器打击杜鲁门、杜勒斯、麦克阿瑟和李承晚。歌颂的对象不多，记得有一个是苏联驻联合国代表马

许多年后，与俄文夜校的老同学方成、钟灵重聚。那是在方成的斗室里，左起方成、钟灵、荒芜、姜德明和我。

立克。大约有一次在联合国或安理会投票表决时，苏联以少数失利；漫画中的马立克掀开窗帘，问："谁是多数？"从窗户望出去，反战游行示威的美国人人潮汹涌。

我有一首诗《歌唱中长路》，就是当时配合中苏条约签订而写，写苏联援助中国工业建设的器材怎样由中长路源源运来。虽是想象之词，但浪漫主义建立在一片天真的基础上。我是相信中苏两党和两国人民之间的友谊牢不可破的，因此也是坚信"一边倒"的外交路线之正确的。

办俄文夜校，如同当时广播电台也办俄文讲座一样，一方面是贯彻执行"一边倒"的政策，一方面也适应人们自发地了解苏联的需要。俄文热形成一时潮流，连我母亲也通过广播学俄文，她显然没有任何功利目的。而我，或者还有不少像我一样的年轻人，也还因为喜爱俄罗斯和苏联的文学；没有坚持学到底是另外一回事。叶至美女士也在我们班上，她已经由英文译出了亚美尼亚作家的小说《萨根的春天》，她把俄文当作第二外语学，会比我这样的“半拉子”顺利也见效得多。

另一位在夜校结识的朋友叫蓝英，是从北平到解放区去时改的名字，人如其名，英气逼人。这个二十四五岁的小伙子，原先的地下党员，现在的技术人员，总穿一套工作服，宽宽的肩膀，坦诚痛快，我们很快就推心置腹，无所不谈。他是我在五十年代接触的人里最早打破思想禁锢，正视西方先进，且不讳言中国落后的人。反右运动一来，我就截断了同他的联系，他虽没戴上什么帽子，该也变得“谨慎”了。

丘琴先生和我在夜校时只是师生关系，没有个人交往。一九五七年十一月初，他忽然打电话来，原来他在中苏友协总会接待苏联访华的团体，其中有一位苏联对外文协的布洛夫点名找我。因我在当年春天随团访苏时他基本上全程陪同，相处甚洽。这让我为难了。那时所在单位的反右派运动正在“深入”，已经以支部扩大会的形式对我连续批判，但我不知出于什么心理，不愿对丘琴直说，只是支支吾吾，请他找借口说我不在北京，避而不见。丘琴一再恳切地说服我不应推辞，他大约怎么也没想到我身陷重围；最后挂断电话的时候，能够感觉到他因不解而有些恼了。我无可奈何。如果我像往常一样，答应了这次接待外国朋友的活动，不向支部报告，必定又加一条罪状（批判中已经指控我参加社会上的文学活动不向支部请示报告为目无组织）；而如果事前请示，碍难照准，一反一复，徒增麻烦。况且我也没有好心情，更没有强颜欢笑的修养去做身心交瘁的“涉外”应酬——这些想法都是事后的分析，当时瞬间只是综合直觉反应：不能去，推掉好。

事过多年后，丘琴先生一定原谅了我。八十年代我们见过面，并曾互相赠书。直到九十年代末，他自费印刷了

方成全凭印象画了这张我的漫画像，我背后那卷纸上写的“啊，透明的心”，是我写阳朔诗中的一句。

他译的《苏联诗选》增订本，还寄给我留念。我写《说起〈祖国进行曲〉》一文，就引用了其中的材料。

唉，苏联，苏联和俄罗斯文学、诗歌，中苏友好，俄文学习，俄文夜校……我仿佛回到赶赴夜校的途中，沿路时而灯火辉煌，时而灯火阑珊，一闪而过，五十年真像一个捉摸不定的梦。

京师医院

旧址在西长安街西段路南，在大六部口北口以西不远。

其实，这不是医院，医院早已只剩下四个榜书大字没有抹掉罢了，可能在一九四九年后甚至在这之前就已停诊，这个平房院的私人医院。

一九五〇年或者更早一些，它就成为对门中央人民广播电台的职工宿舍。

柳荫和郑佳夫妇就住在“京师”的两三间北房里，我从正定华北大学调来北平，是柳荫代表电台去遴选的。上千份档案，怎么就挑了这样七个人呢？他是先找那履历表上字迹工整的，筛选下来，目标就集中了。

那时候大家都年轻。我十六岁，柳荫比我大一倍，才三十三岁。他选定的七个人里，年纪最大的杨龙飞，沦陷时读过管翼贤办的中华新闻学校，毕业后在《实报》当过记者，一九四九年也才二十八岁。除了杨龙飞是结过婚的，我们几个小青年，都是单身汉，有时候被柳荫邀请到他家做客，多半是在节假日。所谓做客，主要是畅所欲言地聊天。到了饭时随便吃点什么。这种亲切的有如家庭的气氛，按当时的政治术语，叫“阶级友爱”。

最值得怀念的，是冬天周末的夜晚，我们熄了灯讲鬼故事。毛骨悚然而其乐融融。

柳荫原姓单，吉林扶余人，本是独子，为了好养活，小时候还被家里剁去一个小指头。但“九一八”后，还是背井离乡，进关流浪，全面抗日战争开始就上了陕北。被战争打碎了的是不愁温饱并读尽天下书的梦想。郑佳是天津人，抗日战争开始时刚刚十六七岁，哥哥姐姐投奔了革命，她随后也到延安上了陕北公学。他们都经历了整风和“抢救（失足者）运动”，但像他们那一代共产党人，都自觉自律地讳言阴暗面，怕污染了后来者的视听，影响对党的信心和热爱。他们长期在晋察冀工作，对边区的山水草木老百姓怀着由衷的感激和忆念，这份情愫是绝对真诚的，不是从意识形态教条推衍出来的。六十年代，大约柳荫精神上最苦闷的时候，他总想有机会只身徒步回晋察冀去探访老房东。但在当时，休病假则可，请这样的事假仿佛师出无名。不过，这个夙愿未偿也罢。在“大跃进”的废墟上，在大饥荒的阴影里，即使见到饱受折腾幸存的老乡故人，说什么好?

柳荫和郑佳终于再也没有回过晋察冀。现在都已经八十多岁，腿脚不便，力不从心了。

像熄灯讲鬼故事那样的“狄康卡近乡夜话”，是解放初期的事。“解放”的好景不长，随着忠诚老实学习，“三反”“五反”等政治运动接二连三，不仅占用了工作时间业余时间，更占据了大家的精神空间，弦越绷越紧，绝少“言不及义”（“言不及社会主义”）的机会了。在后来的无孔不入的捕风捉影的思想政治工作和思想政治运动中，我们这些人的放言乱谈始终没有暴露，多亏参与者的默契和坚守。不管谁松了口，一遭追查，在高潮时期恐怕就不是“小资产阶级情调”所能搪塞的了。

大约过了十来年，一九六一年，我在柳荫、郑佳“老302”宿舍家里，重温了一回旧梦：柳荫讲了当代农村饥荒年月里一个投毒杀人的案例，既有生离死别的亲情，又有因果报应的实现，令人生悲悯心，生恐惧心，时而欲哭无泪，时而五内如焚，提心吊胆，备受震动。极目黑暗无边，伸手不见五指，一声霹雳，一道闪电，“天打五雷轰”降到作恶多端的恶棍头上。……用我们习惯的分析，这是把善良人的愿望无可奈何地寄托在对自然力的迷信之中。然而柳荫闻之于一度来帮工的保姆老太太，她言之凿凿是发生在她家乡本村的实事。

又过不久，随着农村“四清”，城市“五反”“整风”，终于是史无前例的无产阶级“文化大革命”。我，柳荫、郑佳，还有更多的人都被拘进了机关内部牢房。做人不遑，哪还顾得上说鬼？

到了二十世纪八九十年代，往往一年里就到柳荫、郑佳家里拜上一次年，谈谈文学已感奢侈，偶然回忆在京师医院效蒲松龄、纪晓岚豆棚瓜架姑妄言之，真是难得的闲情，尤其在那大革命大改造的年代。

人，尤其是平常人的性情，“改也难”。

北京“俄专”

全名北京俄文专科学校，北京外国语学院前身。旧校址在今复兴门南大街中央音乐学院所在地。这里原为清醇亲王府，光绪皇帝诞生地。

一九五一年六月二十日黄昏，我到俄文专科学校去参加一个活动。地点我知道，“太平湖上太平街……”一百年前女诗人顾太清就住在这里。太平湖早没有了，经过石驸马大街，那条街叫鲍家街。

很容易就找到王金陵，她那时在“俄专”当学生，是她打电话叫我来的，她要用俄文朗诵我的一首诗。

她说：跟你的原作一对照，译者完全改写过了。

他们把俄译准确地还原为中文，什么“乌云”啊，“阳光”啊，都是我诗里没有的。

王金陵的俄文学得不错，琅琅上口，抑扬顿挫，把那首俄译者改写的诗朗诵了一遍，全场师生报以热烈的掌声。这次活动是欢送一位苏联女教师回国度假，老太太也微笑点头，并且拍着手。

老太太也许不老，在我们眼里却是上一辈的人了。那是五十年前，我和王金陵的年龄加起来才四十岁。

晚会是在王府的大院里露天开的。有关我的节目过去之后，松了一口气，便觉得一阵清风徐徐吹来。

那首诗题目叫《毛泽东》，其实是发表在一九四九年十月《光明日报》上的《歌唱北京城》一诗的最后几节，莫斯科出版的一份一九五一年日历，在毛泽东诞辰这一天的背面摘译了，配合着毛泽东的头像。王金陵他们就是从这份日历上找到这首诗的。

后来北京图书馆一位王振铎副馆长，通过光明日报社转给我俄译者亚力山大·吉多维奇的一封信，并他译的袖珍本《新中国诗选》，那里面所译倒是全诗。

此后我没再进过这太平王府。一九五七年夏天，“俄专”或是它附设的留苏预备部出了点什么事情，仿佛是一位同学在规定的跑步课中猝死，引发了同学们对校方提出抗议或提出建议。此事正巧赶上了反右派运动，便显得严重起来。总之那一年留苏预备部竟停办了，这是题外的话。

至于后来这里变成中央音乐学院，在“文化大革命”初期从这里飞出了一首名曲，“拿起笔来做刀枪，集中火力打黑帮……”威慑力广被于校外，而校内的火力终于把老院长马思聪逼得越境出逃，更是题外的话了。

七十年代一度掀起的“评红”热，使我读到一些有关《红楼梦》的资料。原来曹雪芹的挚友和知己敦诚、敦敏兄弟，有一位就住在太平湖边。那时候太平湖冬日结冰，可以从冰上走过，开了春就是春水绿波，直到秋水澄明。敦氏有诗传下来。但曹雪芹是否从西郊“黄叶村”来这里宴聚过，似已失考。曹雪芹大手笔，却只能用他的记忆配菜，没法凭空想象身后二百年的种种。我一九七五年冬迁居到复兴门南的十二层楼，东望不远处想就是昔日太平湖水的一片云影天光，想不到世纪末这里繁华的立交桥堍，矗起音乐学院弦歌不辍的新楼。

不知道新楼后面那旧日王府还得到完好的保护否。高高东墙外的深巷还是那么阴凉少人行走么。

五棵松

地在西长安街向西延长线即复兴路上，地铁五棵松站在万寿路和玉泉路站之间。

一九五三年，还没修地铁。出复兴门西行，公主坟就显得很远；越公主坟而西有地名五棵松，我们当时数了数，已经只剩三棵松了。但如今——二十一世纪初，松树又是五棵了，哪一棵或哪几棵是从别处移来补种的？

一九四八年北平围城时，傅作义退守城内，当时把复兴门外马路的行道树都砍了修建工事。五棵松古木的破坏，不知是当时所为，还是后来者的剪伐。

有一个星期天，我们几个年轻人分别骑自行车和乘公共汽车出城，相约到袁方同志家做客。袁方早年从上海到苏北参加新四军，华东台撤销后来中央台，时任文教组组长。我和她曾经联名写信给梅益，对机关里面某几个领导干部的表现提出批评。这表明我们对一些问题有相近或相同的看法。

袁方虽已中年，身体也发胖了，但年轻时能打篮球，现在夏天还下海游泳，不属于老气横秋的人。她有朝气，有干劲，不像动过癌症手术的病后之人。她常说："列宁说，不会休息就不会工作。"

我们向袁方打听了走法，但因这一带谁也没来过，绕来绕去走了些弯路。我记得骑车经过了农业大学所在的罗道庄。袁方家住在马列学院分院，这好像是个不挂牌的单位，也没法向路人或住户打听。

袁方的丈夫冯定，是我们都很尊敬的哲学家，党内知识分子老干部。我印象很深的是，一九五二年春夏之交，梅益拿来两张上海《解放日报》第三版，上面刊登了一篇署名冯定的理论长文，文题尤其长，总之是关于中国资产阶级的两面性云云。有一张版面上勾改添加，眉批旁注，早弄成个大花脸。梅益告诉我，这是毛主席改的，他从于光远、林默涵处借来，还要归还，让我在一份干净的报上，把改动之处照样画出、誊清，等于复制一个副本。我很快就照办交卷。当时我的理论兴趣不浓，更缺少政治头脑，也没把这桩公案当一回事。许多年后才看到一个材料，好像冯定此文是与陈伯达争论的，毛泽东欣赏了冯文，而陈伯达作为中宣部部长，竟一度因此失势。经过毛的批改，冯文在北京的《人民日报》上转载了。

一九五四年我调去做工业报道，同袁方联系也少了。不知冯定何时从马列学院分院院长调任北京大学副校长。

不用"三十年河东，三十年河西"，十年就够一个轮回。六十年代初期，中国青年出版社出版了冯定的文集

《平凡的真理》，不久就被中央级报纸点名批判。也只是批判而已。到了“文化大革命”发动，北京大学一九六六年搞什么“捉鬼台”，这才把原先文质彬彬坐在台上的冯定副校长，跟教职员工中的“牛鬼蛇神”打到一起去了。

后来听说冯定去世。他们有个儿子是学理科的，同一位农村姑娘结了婚。八十年代，袁方也去世了。

应在这里补充交代一句：五十年代马列学院分院，专门接纳国外兄弟党的干部前来学习。我所知仅此而已，我估计主要是东南亚的共产党。但我想，波尔布特不会是冯定的学生。五十年代他还在法国留学，六十年代那个分院又不复存在了。

〔**补正**〕这节短文刊发后，谢泳先生来函提醒我一读《百年潮》杂志上有关文章。因找来冯定子女冯贝叶、冯南南写的《毛泽东关于冯定的三次表态》（二〇〇〇年第六期），于光远写的《〈学习〉杂志错误事件》（二〇〇〇年第十期），核对了有关事实。

一、《学习》杂志一九五二年第一、二、三期发表了配合“三反”“五反”运动的四篇文章，“批判资产阶级思想的反动性”。据说中央统战部内部刊物《零讯》反映，这几篇文章引起一些资本家恐慌，因为《学习》杂志是中共中央宣传部办的刊物，他们问这是否表明中国共产党对民族资本主义的政策有变。毛泽东遂批评《学习》杂志犯了错误，语甚严厉，责令立即改正。毛泽东指定《学习》杂志在第四期转载上海《解放日报》三月二十四日发表的、华东局宣传部副部长冯定的一篇文章，亲手将这篇文章的标题改为《关于掌握中国资产阶级的性格并和中国资产阶级的错误思想进行斗争的问题》；毛泽东认为“这篇文章的观点是基本正确的”，又说明“其中有些缺点我们做了修改”。

一九五二年三月，毛泽东在修改中央统战部的一个指示时，加上这样一段话：“在新民主主义时期，即允许资产阶级和小资产阶级存在的时期……不允许资产阶级和小资产阶级有自己的立场和思想，这种想法是脱离马克思主义的，是一种幼稚可笑的思想。在三反和五反中，我党已有些党员产生了这种错误思想，应予纠正。”于光远在《百年潮》一文中，认为这最后一句话，就是指《学习》杂志发表的几篇文章。

二、陈伯达时任中宣部副部长，又是毛泽东的秘书。是他向曾任《学习》杂志总编辑又是上述四篇文章之一的作者于光远传达了毛泽东的批评。我在文中说“好像冯定此文是与陈伯达争论的，毛泽东欣赏此文，而陈伯达作为中宣部部长，竟一度因此失势”，不确。

当时的中宣部部长是陆定一。但据《百年潮》上于光远文，“早在一九五〇年中央已经不让陆定一主持中宣部工作，而由胡乔木以副部长兼秘书长的名义主持中宣部的工作了，在一段时间里连陆定一的工作也要听从胡乔木的分配”。“但是这件事（指按《学习》杂志错误事件）要由有正部长的名义而无正部长实权的陆定一来写检讨，却使我纳闷”。陆定一代表中宣部为《学习》杂志做检讨这件事，在外界产生了一种误会，以为这是他后来从中宣部部长降为副部长的原因，其实完全不是一回事。

三、据《百年潮》上冯贝叶、冯南南文，一九五二年下半年，冯定从设在上海的中共中央华东局调到北京工作，任中共中央马列学院一分院第一副院长。“一分院的主要任务是培训我国周边国家的共产党的高级干部，如澳共、老共、泰共、缅共、印度尼西亚共、越共和印共的一些高级干部都曾在一分院学习和培训过。”当时院长由中共中央联络部连贯兼任，一分院日常工作由冯定负责。一九五六年五月，中央决定撤销一分院。一九五七年初调冯定到北京大学，先后任党委常委、党委副书记，直到一九六六年“文化大革命”之初北大党委被撤销（？）为止。我的小文说他是北京大学副校长，不确。

四、一九六四年冯定遭到批判，首次点名文章刊于当年九月二十三日出版的《红旗》杂志第十七、十八期合刊，批判文章题为《评冯定的〈共产主义人生观〉》，编者按语认为冯定所著另外两部书即《平凡的真理》《工人阶级的历史任务》同样存在着需要批评的观点。

薄一波《关于重大决策和事件的回顾》一书中，说

“对冯定同志的《平凡的真理》《共产主义人生观》两本书的批判，是康生首先做出批示的”。

又据冯贝叶、冯南南文，一九六四年八月二十四日，毛泽东约见参加北京科学讨论会的于光远、周培源谈话，其间话锋一转，对时任北大副校长的周说：“你们那里的冯定，我看就是修正主义者，他写的书里讲的是赫鲁晓夫那一套。”邵按：原定九月上半月出版的《红旗》杂志第十七期，推迟到下半月与第十八期合刊，或许就是为了紧跟毛的指示，赶发批判冯定的文章。当时《红旗》杂志总编辑为陈伯达。

二〇〇二年八月十二日

双塔寺

约在今西长安街路北，西单图书大厦或民航大楼处。

那时候西长安街的西段，没有什么高层建筑，路北的老世界日报社三层楼，就算是高的了。那时候这条街也没有现在这么宽，只是街心对开的两条电车轨道，边上是车如流水马如龙，两旁的人行道上，人们或匆忙或悠闲地来往着。说有个双塔寺就在西长安街上，我怎么没看见？

而且说，远看就一座塔，近看才是双塔。这更引起我的好奇。走到世界日报社对面，往北看，这才看见隐在楼后的灰色的砖塔：真是只有一座。

绕到西长安街北面的胡同里，这才见一座塔后面还有一座塔，不是左右并排，也不在一条子午线上。

庙大庙小，庙新庙旧，应该只是俗家之见。神佛有灵，不会因在帝城里大道边，或在荒山上野村外，便两样看待。至于某寺某庙作为名胜古迹的价值，在宗教历史上的地位，完全是另一回事。

传说当年“四进士”顾读、田伦、刘题、毛朋在双塔寺结拜，誓不渎职，不知道为什么找的是这座寺，这座寺里供奉的哪位神佛；也许只是“春风得意马蹄疾，一日看遍长安花”后，溜溜达达顺便来到长安街上这座寺吧？除了信守誓言坚持到底的毛朋以外，其余三位盟誓时可曾认真？怎么没几年就都贪赃枉法起来？

这些我无暇深究。我来到这座寺门前的日子，寺门深锁，早已香火断绝，门前冷落。平时我也没机会上这儿来。往往是天黑之后，骑车经过西长安街，看警察在查堵没有灯的自行车，我便一拐转进小胡同，有一回才拐进来，迎面却走来了进胡同查堵的警察，很有点尴尬。

说的是五十年代初的事，要求自行车入晚必须点灯。车前没有电池灯，就得临时从街上买白纸灯笼，专有做这行小买卖的。

大约在一九五二年或一九五三年之际，北京以“有碍交通”之故，先后拆除东四、西四两座“四牌楼”，前门外的“五牌楼”，天安门前东西两座“三座门”，等等，艾青有一首诗，为四牌楼被拆叫好，他是把这些当作妨碍历史前进的象征加以诅咒的。双塔寺之被夷平，当就在那前后。据说除了梁思成不同意外，没有引起任何异议，甚至没引起任何人的注意，它早就不在人们视野之内了。当时虽与展宽马路无关，但迟早也有别的拆掉的理由。现在那一大片，都盖了新楼。记得带钟楼的邮电大楼修成后，旁边一条小胡同就改称“钟声胡同”，因为那楼顶一早要鸣放《东方红》的旋律。左近还有一截小胡同叫“双栅栏”，不知修建西单广场后还存在否。这个“双栅栏”和前门有名的“大栅栏”，其“栅栏”两字，读音都与字典不同，前者读zhà ler，后者读shí làr，外地人是不知道的，附记于此。

翠花胡同

在王府井大街北头路西，近美术馆。

关于这条胡同，不可磨灭的记忆，是一九五〇年秋，我曾去它路北一家精神病院探视病人。

我和齐越一起去看高而公。高而公笔名梁星，写过《刘胡兰小传》，有关的事我在《独对残编忆而公》里都说到了。

对精神病院的印象是“恐怖”二字。病人逸出常规的言语对我的神经也造成刺激、干扰和压迫。招架不住，匆匆逃出。也许是因为精神准备不足，但我以为，若再耽搁一二十分钟，我也要随之错乱了。但那天，高而公其实是冷静而正常的。

现在回想，那所医院当时是民营的，在新旧政权交替

这是高而公和我一九五六年合影，在真武庙粉楼（当时中央人民广播电台编辑部）二层工业组的办公室内。这是他第二次发病后康复期，心境不错。大小两个单身汉星期天在办公室闲聊消磨光阴。

之际，管理不善或有之，这也有护理人员不足等因素。

高而公不久出院，后来病情反复，似没有再住翠花胡同那家医院。

但那次听人总结一条规律，我却牢牢记住了：医生同病人谈话，病人承认自己有过精神病的，就是病情痊愈，可以出院了；凡是和医生辩论，说自己压根儿没病的，就还在病中，须继续住院治疗。

这个经验也许值得推广到精神病院以外去。

达智桥

在宣（武门）外大街路西。

北京的地名，有许多经过一个雅化的过程，就像口语变成书面语一样。越是文绉绉的，说不定原来越俗。比方我住过的“礼士”胡同，礼士云云，其实原先是驴市。弄清了令人忍俊不禁，士犹驴也，其谁礼之？诸葛子瑜乎，抑或诸葛子瑜之驴乎？

因此我总怀疑宣南的达智桥，也许不过是鞑子桥，不过没有根据。

达智桥近年被人提起来，是因为三十年代初沈从文新婚卜居于此。现在凤凰故居里陈放的沈先生用过几十年的书桌，据说就是住在达智桥时候买的。

达智桥其实还有一位更老的住户，先于沈从文住在那里多年，往后一直住在那里直到去世。那就是“凌霄汉阁主”。

我知其名，是小时候看《实报》（人们普遍叫它“小实报”，四开八版的开张），副刊“畅观”是黑地阴文草书；头条专栏地位，署名以手写体制版，也是草书，大人告诉我是“凌霄汉阁主”。我佩服这位“阁主”每天写那么长短一篇文字，风雨无阻，年节不断，若干年如一日。

那一版上的文字，多是文史杂俎，不少还是文言，我有的能看懂，有的看不懂，囫囵吞枣罢了。

一九四九年我到电台工作，结识了徐泽义兄，他从中国大学毕业后，就到旧电台供职。新旧政权交替之际，他和梁镇湘一起，在中共地下党领导下，保护原有设备，使电台全部完好地保存下来，由随军入城的陕北新华广播电台技术人员黄云负责接管，即日持续广播。当时老徐二十七岁，文质彬彬，平和谦退，几十年待我如兄长。谈心的时候，我才知道“凌霄汉阁主”是他父亲。

五六十年代，连徐泽义这样的大学生都算“旧知识分子”，则徐凌霄先生被视为老朽无论矣。那时候“老报人”几乎就是地主资产阶级文人甚至反动文人的同义语。

新闻和文学中也早没有了随笔、小品、笔记、掌故丛谈这类文体，老人自然也就搁笔。

我到徐泽义达智桥的家里去，已是七十年代。老先生去世了。第三代在油田做野外工作。老徐在电台没有享受到分配宿舍的待遇，长期与父亲同住。这是不大的小院，破旧的平房。我曾一闪念：这就是“凌霄汉阁”？转而一想，文人而不做官，怎么能住深宅大院，凌霄汉的是书生意气，不是华堂峻阁。

老舍写的《我这一辈子》我没读过，但看过石挥据此拍的同名电影。故事似就发生在达智桥一带。这里不是“东富西贵”的内城，“宣南风雨来”，盖多平民，每一家每一户每一个人“这一辈子”不容易。

〔**附记**〕上文关于徐凌霄老人，只记了我当年有限的所知，而实际上徐在中国现代新闻史上，是二十世纪初与黄远生、邵飘萍齐名，被时人誉为“报坛三杰”之一的；他作为上海《时报》驻京特派记者时写了八十余万言的《古城返照记》，一九二八年至一九三一年间曾在《时报》连载，是以清末至民初为历史背景的百科全书式小说，据说可与同时期纪实性名著《二十年目睹之怪现状》《孽海花》媲美，尘封七十年后，最近才得以单行出版。有文史学者吴小如、新闻史学者方汉奇两教授为之序介。

屯绢胡同

地在西城太平桥大街路西。它的东口往北，路东便是有名的辟才胡同西口（辟才者，劈柴也，避俗改名，似要广开才路了，犹驴市改礼士胡同，类此之例甚多）。

恰恰五十年前，我在一九五一年春夏，在这条胡同住了几个月。不知道电台怎么在这里租了个小四合院权充宿舍。我分配在一明两暗北屋的西头一间。并不都是从单身宿舍迁来。后院住着两家蒙古语组的蒙古族同胞。矮胖的一位名叫萧懋华，还有瘦高的一位，名字忘记了（现在想起来了：拉苏龙。二〇一七年三月）。即使不穿民族服装，也是典型蒙古人，萧是圆乎乎脸庞，那一位颧骨也高高的，脸色都偏黑里透红。两位年在四十以上，都有家眷，似乎穿民族服装时为多。我们都是早晚见面友好地点头之交。他们大约是在家里起火的。而我和一些单身汉，多半是到班上吃早点，再吃过晚饭，有时候还到别处溜达一阵才回来。星期天留在小院里的人很少。我有一首较长的诗《再唱北京城》，就是一个星期天，静谧无人，独自临窗写下的，诗末注明了日期：一九五一年五月十三日。

在那之前不久，我所在机关单位，像在北京中直和国家机关（即中共中央直属和政务院所属机关）党委管辖的单位一样正开展“忠诚老实”学习运动，即每个工作人员全面填表交代自己的家庭出身经济状况，七周岁后的生活、学习经历、党派关系和思想转变过程，提供各个阶段的历史证明人和国内外的社会关系（亲友师弟的政治面貌生活来源），更正过去隐瞒了或填写错误、失实的内容。我保留有当时统一下发的自传写法和填报提纲，刊于《天涯》一九九九年第一期（收入广东人民版《夜读札记》）。

我当时不到十八周岁，是个没有精神负担（包括“历史包袱”）的孩子，不但喜欢与同代人扎堆说笑，也不惮与年长的人寒暄。但跟萧懋华他们住前后院，却没有攀谈过，回想起来，恐怕就是“忠诚老实”这一运动的气氛使人压抑，使人戒备，不愿意跟“从旧社会过来的人”搭界了。

这个小四合院，环境其实跟我小时候住家有相仿处。但当时毫无怀旧心情，也无心领略“故国平居”的老北京韵味，一句话，只是早出晚归当个睡觉的地方罢了。倒是每天下班，骑车从西长安街出发，到西单皮库胡同或大木仓，经二龙路，一路上走马看花，享受半个小时的幽思遐想。教育部大红门，原中国大学遗址，沦陷期间俞平伯、常风先生都曾在此执教；这所规模没怎么改变的大宅院，更早是北京城有名的凶宅之一。此刻二龙路已经垫平，二十多年前的二十年代，低洼潴秽，据说闻一多诗名句

“这是一沟绝望的死水，清风吹不起半点漪沦”就以这里为原型。如今这个成为龌龊社会象征之地，像外城的龙须沟那样，做了北京市街道卫生和居民组织的橱窗。我曾到二龙路街道办事处，找那些刚刚从家门走向社会的大娘大婶们采访过她们带头定的“爱国公约”。

不久，我又迁回北京麻花胡同宿舍一排新建平房，带着我一个柳条包就搬了家。从此没再来过屯绢胡同。

三十多年后，我和于浩成谈起他的父亲（原名董鲁安，后曾用名于力），说起对老先生的诗词，尤其是写于晋察冀边区反扫荡中的诗集《游击草》十分欣赏钦佩，难得他对古典那样根底深厚，驱遣自如，用以写太行山现实斗争中的山水风物，爱憎甘苦，格调高古而又流丽可诵；确是今人写诗词的上品。浩成因而向我说起他的少年时代，原来是在屯绢胡同度过的。抗日战争前董鲁安教授执教于燕京大学，在屯绢胡同买房安家。大约在太平洋战起不久，他们全家先后赴晋察冀边区，也是从屯绢胡同出发的。

还有一位朋友也跟屯绢胡同有一段缘分，不过是痛苦的因缘。那就是戴晴，她父亲傅大庆是被日本人从屯绢胡同寓所逮捕的，从此永别，那时戴晴才一两岁。

戴晴写过她的“四个父亲”，书在境外出版，我未读过。有一本国内刊物介绍过她的父母。她母亲是耆老冯恕的女公子（我小时候就在西四西大街上见过冯恕为商店题写的匾额，直到五十年代还有），抗日战争初期只身投奔大后方，在越秦岭南下的巴山蜀水间，搭乘运货的卡车，曾历惊险。到达重庆后，似在中国共产党的十八集团军办事处工作，在那里结识了曾经留苏的傅大庆，并由叶剑英主婚结为伉俪。傅大庆俄文好，中文也好，有译著，是叶剑英十分倚重的干部。新婚不久，他们被派回日寇盘踞的北平，所从事的应是高层次的战略情报工作，我读的那篇文章于此一笔带过。事情的转折在一九四〇年或一九四一年，戴晴还在襁褓，她不会记得在屯绢胡同她家的院里怎样临时架线，怎样紧张发报，这一切都是她的父母协同的；她更不会记得，就在似乎平平常常的一天，窥伺在周围依据侦察到的电波不断缩小包围圈的日本军警突然闯入，带走了她的父亲。

屯绢胡同里的于浩成的旧家和戴晴的旧家，我都没去寻访过，因为我不知道门牌号。近六十年过去，人去楼空，恐怕“物业”也面目全非；但也未必，因为那一带至少前几年还没有房地产商大兴土木，或许还有残墙旧院，依稀往日规模吧。

一条普通的胡同，在北京，绝对不是显眼的街衢，在全民抗日战争的历史深处，竟也藏着一些可歌可泣的、可敬可悲的人和事。老于和戴晴是我的朋友，他们的父辈又是留名青史的爱国者、共产党人，自然容易引发我们的忆念。而小小的屯绢胡同在过去几十年上百年里，街坊邻里中又有多少可怀之人、可纪之事呢？

我在一九五一年住在那里几个月，于此完全懵懂不觉，只偶尔站在院里，从瓦顶望出去，左近没有楼房碍眼，四合院框住了一方的蓝天，真是坐井观天啊。

南北长街

南长街、北长街，南北贯通，南连西长安街，东为故宫，西为中南海，在紫禁城外，却是旧皇城内少有的一条清静街道，长远规划里也属于保留原貌，不盖高层建筑的区域。

北长街路西有个女一中，南长街路西有个六中，只收男生：从排号可知都是“老老年”开始设中学时的常春藤学校。老校舍，老教师，教学质量市内数得上的。这里的毕业生们也以出身于母校为荣。

我家住东城，没有亲友在西城上学。但我一九五二年在广播电台文教组工作的时候，到女一中一个高中班级（是不是卓娅班记不得了）参加过半天活动。

中国青年出版社出版的柯斯莫捷米扬斯卡娅——她是卓娅的母亲——所著一书：《卓娅和舒拉的故事》，很快就像《刘胡兰小传》（梁星著）一样在青少年中广泛流传。那时中国没有畅销书之说，但几十万本书一投出去，激起的是真诚阅读和向英雄学习的热潮。我在《文化生活》节目里连续四天播出了关于“向卓娅学习什么”的内容，女一中那个班要办一个活动，找到我，诗人臧克家也在天津报上写了文章推介此书，我就找到他一起去了。

和我在五十年代参加过的所有青少年的活动一样，我永远忘不了的是：真诚。

后来又有《古丽雅的道路》《普通一兵——马特洛索夫的故事》这些介绍苏联卫国战争中英雄人物的传记出版，也都引起轰动。而像卓娅、舒拉、古丽雅……他们都因反法西斯而牺牲，令人钦敬，同时他们还都是在校生的年龄，这些书里写到他们在家里、在学校，跟父母、师长和同学的关系，日常的笑语和生活细节，都使一代年轻的读者感到亲切。

除了誓死保卫祖国、“保卫斯大林”符合当时“抗美援朝保家卫国”的大气候，有利于社会和学校进行爱国主义宣传教育这一面以外，那一代年轻的读者从卓娅身上借鉴的，大概主要是自觉磨炼自己的意志和性格这一点了。因为他们将在建设祖国的号召下，准备到边远的艰苦的地方去贡献青春。

南长街那个六中，我没去过。也不知六中和女一中校名改了没有。

武功卫

胡同名，在西单北大街路东。这多半是清朝留下的名字，与之并排有个石虎胡同，徐志摩诗有《石虎胡同七号（我们的小园庭……）》；而据考证，曹雪芹一度供职的右翼宗学就在石虎胡同。

武功卫这条胡同大概已经不复存在了，我标它为题，其实只是要写这条胡同里的一家金城旅社，而这旅社更是早就无影无踪了。

我住过广播局的许多宿舍。在五十年代初期，还来不及大举“机关办社会”，但沿袭进城以前革命队伍的成规，每个机关要给它的成员解决住宿问题，一时只好租赁民房、店面房辟为宿舍，或者包租小型的旅社。

一九五二年、一九五三年之交，我搬进了武功卫的金城旅社。坐南朝北的院子，两层楼，我住楼下南屋最东一间，铺板搭在停了水的大浴盆上；我在这里写下《在夜晚的公路上》等向往第一个“五年计划”建设的抒情诗。

同室的某人，是一位行政部门处长的不争气的亲戚，这里不说他了。

隔壁一间住着少儿部的胡建中和对外部的汪丕基，两位文质彬彬的大学生。后来都离开了电台。我和胡建中更熟一些，他工作兢兢业业，内勤外勤都是一把手，对人也诚恳谦和，但据说他父亲是国民党军队的一名中将，他自然不适于留在电台这样的“要害部门”，早早就调出去教书了。——幸亏还有师范院校的名额和中小学的教职，留下给所谓出身不好的学生，使他们得以升学，毕业后还有一份工作，有一碗饭吃。九十年代中期，我的小孙女懂得看图画、听故事了，我从一家销行不少的儿童画报上看到，主编是胡建中，他终于回到他最初从事的，有经验又有兴趣的岗位。过不久见主编名字换了，算一算，该是正常的到点退休，不会是出什么毛病被撤。

一九五三年，呼啦啦来了一批青年男女“阿拉上海人”，是上海剧专毕业分配来文艺部的。男有笪远怀、王扶林、马友俊、俞炜，女有王学娟、赵丽平、莫暄、顾辛禾，还不止这几个名字。于是天井里就喧闹起来。

我习于在自己的小圈子里活动。闷了的时候找上朱金贵或是别的什么人，到东隔壁小馆里喝小酒。那时虽然评了级，并不联系工资（级别只管你看什么文件，开什么会），一个月包干四十二元（旧币为四十二万），吃不起大馆子，也觉得大馆子不属于我们，小铺里小摊上吃点喝点足矣。

日子过得琐碎平庸，与我诗中的境界相去甚远。尤其是旅社这种环境，更充斥着市井气。但琐碎平庸的市井生活中，也有“于无声处听惊雷”的爆发。

东厢房里曾住进的一位外地老艺人，就在磨砂玻璃后面上吊了。我只听说为了组建说唱团，从北京也从河南、山东物色了一些曲艺艺人，还没弄清他们的曲种和姓名，在各自的曲种里大约都是出了名的代表。这位自尽的老人据说有病，但有病不是不能治的，那么还有什么理由？想家？还有什么？

我想，也许一些民间艺人游走四方、走乡串村惯了，一旦离开辽阔的天空，无私的太阳，夹着泥土味草香牛粪气息的风，住进这天井罩着天棚，屋里装着磨砂玻璃，白天也得开灯，而四处浮荡着阴沟污水味道的，令人窒息的住处，说不定会有关进监牢的错觉，忍受不住，便寻了短见。——这只是猜想罢了，谁知道呢。

波澜过后，又归平静，谁也不会少见多怪。大家还是一块儿过平庸畏葸的生活吧。

又过不久，一个通知，我又回到护国寺街麻花胡同去了。拖家带口的人分配了住处一般稳定些，单身则调动频繁，像那首歌儿唱的，“打起背包就出发”是了，“服从命令听指挥”嘛。

和平宾馆

在金鱼胡同东口路北。

现在它置于对面的王府宾馆和西邻几座高层建筑之前，已经不太显眼。但在五十年代初期，它曾是北京修建的第一座高层楼堂馆所：八层。是当时北京最高的新建筑。

因此，一九五三年我们物色一个转播月全食实况的露天场地，一下子就选中了它的楼顶平台。一联系，宾馆就同意了。那时候不兴收费，搁到今天，宾馆是可以大大敲一笔竹杠的。

中央广播电台的文教组负责办这件事。我们请南京大学的戴文赛教授撰稿并在现场直播。戴先生是民主教授，四十年代《观察》杂志的特约撰稿人，那时我就读过他的文章。他虽是天文学家，却不是不食人间烟火；写作科普或非科普文字，总是面对一般读者，深入浅出，亲切平易。我记得他事前为这次实况广播写的解说稿，充分体现了这类稿子的特点：前言部分很风趣地说到中国有关月亮的传说和诗歌，又讲了自然科学认识天体的种种，把大家撩拨得兴味盎然，不能不被他吸引在收音机前，等待着听他随月亮被天狗一口口吃掉又一口口吐出而一说究竟。

那晚，我们还特意从录音室找了有关月亮的器乐曲，像民乐中的《春江花月夜》和《月儿高》，西洋音乐中的《月光曲》等，在长达两三个小时的节目中间，教授讲解的间隙插播，让教授休息，也请听众欣赏。

如果我记得不错的话，那是一九五三年七月二十五日，阴历六月十五。再过两天，《朝鲜停战协定》就要签字了。我们没有忘记向在朝鲜前线坑道里的志愿军战士致意，他们也许还不能像我们这样自由自在地仰望空中满月，但不妨听着祖国的广播神游。

戴文赛先生是从南京专程赶来的。这个节目从始至终由曾在南京中央大学读书的李慧宜张罗其事。戴先生似在一九五七年就被打成右派，听说是在“文化大革命”期间辞世的。当年与我共事多年的李慧宜大姐也因心肌炎长期卧床，终至不起，近二十年了。

金鱼胡同展宽，和平宾馆原有围墙拆除，院内的老树就临街了。去年《北京青年报》上说，有一辆新车停在和平宾馆一棵树下，树枝折断，把车打坏了，幸而没有伤人，但这棵树大约也就因此刨掉。日前上新东安市场，路过其地，见仅剩下一棵老树，不知还能伫立多久。

西颂年胡同

在北新桥。

一九五五年夏天，诗人沙鸥约我到他家谈一谈。在这之前我跟他没接触过。但他住的西颂年胡同我早有印象。

大约在一九四八年十二月中旬，北平已围城，不时听到城外的炮声。民联组织给每个盟员布置任务，调查大小街道的军政机关、社会团体、医院学校、公用建筑及设施，以及军警哨位布防等。每人按地图分工一片。

我知道解放军要攻城了，也许在我脚下踏访过的地方即将发生巷战。我们提供的情况，会提醒我们的军队知所戒备也知所保护。那个冬天很冷，天寒地冻，但我在我负责的北新桥以东、以北那几条胡同里穿行的时候，心里热乎乎的，就像亲身给我们的队伍当向导似的。

我怀里揣着一本袖珍的圣经，如果军警看我形迹可疑来讯问，我可以基督徒身份当作一道掩护。我把门牌号数和牌匾号编成口诀，便于记忆，手在裤袋里虽揣着铅笔头，但一路没做书面记录。

也许因为天冷，也许因为市面不静，人们多闭门不出。空荡荡的冻地上我的脚步声格外地响。而有些站岗的军警，可能也因为天冷，或是各有心事，都像泥塑木雕般麻木。没人注意到我，不管我内心的激动还是表面的镇定，都在他们的视野之外。

我安全地完成了这次调查任务，别人也没有听说出什么事。我想这些汇集到一起，就可以绘制市内街巷详图时做出多种标志了。

北平和平解放了，没有发生巷战。第四野战军北平前线部队拿到手里的北平市内地图，应该还在档案中保存吧。

西颂年胡同、东颂年胡同：就是在那个寒冷的冬天刻在我的记忆里的。

沙鸥家住路南一个小院的西屋。我去时他的妻子正在一个大盆里用搓板洗衣服。她是小学教师。那天是星期日。

沙鸥了解了我的生活经历和写作情况。他当时在作家协会的青年工作委员会工作，跟公木一起正在为全国青年文学创作者会议做准备。后来他写了一篇谈我的诗作的长文《年轻人火热的声音》，刊于一九五六年一月的《文艺报》。他对我一首自由体长诗《有一天我们会想起》，因散文化导致的诗情不足和芜杂拖沓，批评得很中肯。

那天除了谈诗，还说了些闲话。他告诉我这小院的房东住在北屋，是蒙古族的老先生姓博。哦，是不是叫博逼辰？对。那是教过我的国文老师。

一九四七年和一九四八年，我读育英高一。博先生已经满头白发，背微驼，他在向我们朗诵《诗经·小雅》中的《采薇》时，仿佛就是那饥渴的归人："昔我往矣，杨柳依依；今我来思，雨雪霏霏。行道迟迟，载渴载饥；我心伤悲，莫知我哀！"我甚至看到他眼镜后面闪着泪花。他不仅讲解课文，并且兼及相关的常识，如夏历和周历的差别，有些字古今读音的变迁……我们知道他是蒙古族人，但他在讲到"无室无家，猃狁之故"的时候并不避忌，忠于文本。这是一位想尽量将自己的知识和情思教给学生的人。然而，他更多地倾向于古典，对沾染上新文学味道的白话文不很垂青，有一回作文课，我用了流行的散文诗笔调，结果发下卷子来，是一个"丙"。

西颂年胡同的小院里，一度住过我的两位文学师长。

护国寺街

护国寺街在新街口南大街路东。

这条街跟我五十年代的记忆有关，我在它东头的麻花胡同先后住过好几年。不过，认真地说，那个护国寺庙会我一次也没有逛过，所以也注定与"京味小说"之类的"京味"无缘。

我印象最深的，是一家老夫妇开的小馄饨铺，真正所谓的“夫妻老婆店”，但我们北京人不会这样去称谓这家记不住店名的小店。北京人顶多是说“夫妻店”，如果不是骂人，不轻易把“老婆”两字说出口（加“儿化”音说“老婆儿”，泛指上了年纪梳上纂儿的老太太，是无褒无贬的中性词，也就不含敬意，不能当面这么叫人）。所谓“夫妻老婆店”之说，大抵是一九五五年改造工商业搞公私合营时，哪位南方人这么称呼家庭个体经营小户，此人必是大“首长”，就此叫开了。一九四九年进城的首长们，南方人居多，文明些的把妻子叫“爱人”，粗率些的就直呼为“老婆”，北京人一时是听不惯的。

晚上到这家小店小桌前坐下，要二两白酒，下酒的酥鱼，是掌柜的自己用醋渍的，喝完酒，再要一碗馄饨，如在冬天，走回家身上还由里到外热热乎乎的。同事朋友一道来也好，自己一个人喝闷酒也好，临走，掌柜的都客客气气说：“道儿黑，慢走您呐。”

护国寺街上还有一个机关，是老五区后来改叫西四区区委，我大学时的“同桌”赵培庠，小学时高班同学于祚，都在那儿工作。赵培庠跟我同在一个民联小组，一九四九年二月，北平刚一军管，就从学校调出参加基层工作，我想如果当时我再大两岁，也会一起调去，不是在区委，就会在派出所，我的许多同学就是走的这条生活道路。培庠后来因为父亲在镇反运动中判刑，“不适宜”在党的机关工作，调去教书，我们一直互通声息。于祚小时候功课特别好，年年是年级第一名，好像唱歌也不错。他父亲原是中共地下工作者，后来又去了延安，是老党员干部，但于祚并没从家庭借到什么光，只是按部就班地离休罢了。

在护国寺路北一个小院，我登门向储安平约过稿。那是一九五六年夏，有一天梅益找我，说储安平从新疆走访归来，你去找找他，请他写写观感，不限于一次播出，可以连续广播，强调不拘一格，放开了写。我因为思想保守，总觉得现有节目（首先是我管的《在祖国各地》）当中没有可以容纳这样体式的，有些犹疑，但还是抱着试试

这是老同学赵培庠。拍摄时间该是在他因父亲问题调出区委机关之前。他手里抱的多是《干部必读》和《辩证法唯物论》一类学习文件。

的心情去了。储安平礼貌地接待了我，我转达了梅益的意思，他表示感谢，不过说暂时没想好怎么写，要好好想想之类，实际上等于婉谢了。我也就告别出来。并且向梅益汇报交差。后来储先生好像在《新观察》上发表过一点游记或印象记，我也印象不深，而且似乎时隔很久了，看来他对新中国成立后这一特定时段发表讲述自己见解的文章，还是很谨慎的。

再后来，人人求生要紧，自顾不暇。谁还管右派头面人物储安平的下落？直到七八十年代之交，这才传出消息，说储安平早在“文化大革命”初期，有一天应召到所在什么单位去，再也没回来，“生不见人，死不见尸”了。我不相信储安平会出家当和尚的传说，那年头各地庙宇也都闹得一佛出世，二佛升天，哪还容得下来历不明的人挂单？有人回忆，当时到储家小院，只见一片凌乱，如果他生前遭到抄家，他显然无心整理，如果他身后有人打劫，不知用的什么革命名义。其时储安平早已离婚，孩子住校，是家破于前，人亡于后了。

现在上护国寺街东口梅兰芳旧宅参观的，上护国寺街路南人民剧场看戏的，有几个人知道这条街上曾发生的生离死别？又有几个知道储安平其人呢？

二〇〇一年六月出版的《中国共产党简史》（中共

中央党史研究室编，中共党史出版社出版）一百二十六页指出，随着整风运动的迅猛展开，“有极少数资产阶级右派分子乘机鼓吹‘大鸣’‘大放’‘大民主’，向党和新生的社会主义制度发动猖狂进攻。他们把共产党在国家政治生活中的领导地位攻击为‘党天下’……”——这不还是说的储安平吗？——于是，“六月八日，中共中央发出《关于组织力量反击右派分子进攻的指示》，……《人民日报》发表《这是为什么？》的社论。从此，整风运动的主题由正确处理人民内部矛盾转向对敌斗争，由党内整风转向反击右派进攻”。

严辰（右）、公木（左）两位老诗人，都是从二十世纪五十年代就关注我的习作，后来大家历经劫难，直到八十年代才得以笑逐颜开地坐在一起。

这就是正史的记载了。储安平大约是没有“改正”（平反）的“极少数资产阶级右派分子”之一，反右派运动“扩大化”到打了五十多万右派分子，就是由万恶的储安平等极少数人引发的！

金鱼胡同

在东四南大街和王府井大街之间。

一直是条有名的胡同，近年更加繁华，繁华的代价是扩宽，拆旧房建新楼，面目全非了。

小时候从家里上东安市场，这是必由之路。路南有一大段，是贤良寺一片青砖灌浆严丝合缝的后墙。常听父辈说起贤良寺，我却从没去过。它的正门在煤渣胡同。

路北的大宅门，听说是“那桐花园”，也只见其门墙，里面无从窥见。小学生谁知道那么多旧事？以为跟上海的“哈同花园”有什么联系呢。

一九五七年春，访苏归来不久，接到《文汇报》驻京办事处约宴，席设金鱼胡同。就是那桐府第的东邻。后来多方找人了解，当时报社办事处不在这里，晚宴是在中宣部为徐铸成在金鱼胡同临时安排的住处举行的。[1]

我们是苏共二十大以后、中共八大以后中苏关系微妙的时期里，第一个访苏的中国记者团，由苏联外交部新闻司邀请。团长由不是共产党员的《文汇报》总编辑徐铸成担任，副团长是外交部新闻司副司长徐晃，和早年留苏、曾任高岗秘书的俄文《友好报》总编辑卢竞如女士。三月下旬离京，五月上旬返国。四十天的万里旅程，当年徐铸成就在他的报上发表过长篇游记。

那年二月至三月间徐铸成曾来京参加了宣传工作会议，听过毛泽东不止一次讲话，然后是在最高国务会议上《关于正确处理人民内部矛盾问题》的重要讲话。我们是在苏联结束了兵分两路对八个加盟共和国的访问回莫斯科之后，得知中共中央发布了关于整风运动的指示，大家都表现出有点归心似箭的急切之情。徐铸成先生也是这样，想是出于新闻工作的敏感和责任感，他觉得面对这样重大的新闻战役，身为总编辑不该置身事外，而应当现场指挥吧。

回国以后，徐铸成似乎没有马上回沪，又滞留北京几天，其间就邀请访苏时同行（xíng）的同行（háng）们一聚。办事处主任是浦熙修女士。浦熙修我在采访文化新闻的场合见过，看起来十分沉稳利落干练。那天晚上的聚会，就是由浦主持的。我在那个团里是年纪最小的，

① 事隔六十年，回想也许就在和平宾馆吧？二〇一九年三月十八日，邵附笔。

二十四岁，徐铸成属老报人，其实也只有五十岁上下，但既然经历过云谲波诡的三四十年代，是久经沙场的了；《天津日报》总编辑邵红叶，跟徐铸成抗日战争前在《大公报》共过事，抗日战争中又是活跃在晋察冀敌后的新闻老将；卢竞如女士的俄文水平，足可纠正年轻译员的口误，她好像在三十年代就参与过巴黎《救国时报》的工作，后学如我听着简直是遥远又遥远的往事——除了时间的悠久，又加上距离的辽阔。然而所有这些人，在那五月之夜的友情聚会上，仿佛都一齐不设防地恢复了童

这是徐铸成一九五七年春在苏联卓娅（她在被纳粹逮捕后自称“丹娘”）像前。徐代表我们全体团员献上花圈。

心，也就是天真和幼稚吧，那样的气氛不仅空前，怕也是绝后的了。

我今天已经回忆不起当时大家都说了些什么，所以记上这么个强烈的印象，因为十几天后，《人民日报》头版就经御批刊出姚文元指责《文汇报》的一篇短文，随后徐铸成便陷入被迫不断写检讨而总是通不过的尴尬与煎熬境地。一个半月之后，我在武汉读到《人民日报》头版头条刊发的社论《文汇报的资产阶级方向应该批判》，那里不但第一次出现了一系列后来成为大字报大批判经典语言的名言警句，而且点了徐铸成和浦熙修的名，挖苦“浦熙修是一员能干的女将”，通过她把徐铸成和所谓右派“章罗联盟”的罗隆基联系起来，这就给徐、浦二人和《文汇报》都“定”了“性”，戴上了右派帽子。

那晚还见到了在驻京办事处工作的《文汇报》记者杨重野和王荫萱。

王荫萱女士，我没见过，但我知道，她是我姐姐燕生在贝满女中的同班同学。我听姐姐说过她的父亲是那桐家的总管，她于那家该是熟悉的吧。她和杨重野后来都划了右派，不知平反后在什么地方，她如果就其所知，写写那桐家事，会比一般传闻翔实的吧。

查查《辞海》，那桐一条，说“那”应读nā，叶赫那拉氏。那桐是内务府满洲镶黄旗人，字琴轩，举人出身。

一九〇〇年（光绪二十六年，庚子）由内阁学士兼值总理各国事务衙门。慈禧太后西逃后，授命充留京办事大臣，随奕劻、李鸿章与联军议和。《辛丑条约》签订，被派为专使赴日本道歉。嗣任户部、外务部尚书，升军机大臣。一九一一年（宣统三年）任皇族内阁协理大臣，武昌起义后去职。

记得在什么材料上看到，李鸿章曾驻节贤良寺，原想一个政治人物为什么住在庙里，现在明白了，他是住到那相国门前，好就近商量大事吧。

崇效寺

在宣武门外枣林街西口。

写过法源寺，想起应该写一下崇效寺。法源寺的丁香，崇效寺是牡丹。[①]

从小我就心向往之的。然而我总是过其门而不入。

我在《风沙》一文里说到我和李道堪一次约会，一九五八年三月下旬，就相约在崇效寺门口碰头，然后进

① 崇效寺还有著名的一宝：《青松红杏图》长卷，好像王元化先生早年曾随其先人来此看过，并曾为文记之。

了一家小馆。

为什么在那里碰头，记不得了，像是他提议的，也许他那一带有亲戚，也许还因为僻静，不至于遇到熟人，让熟人看见我们在一起。

我们有什么不可告人的勾结吗？笑话！我和他连熟人都算不上。从他五十年代由沈阳调来中央台的几年里，我们顶多因工作关系接触过一两次。大概是从三月一日起在十三陵这二十天，我们“同吃同住同劳动”了，或是惺惺相惜吧，让“组织上”通过划右派把我们推成“同是天涯沦落人”了。

李道堪跟夏青一道从新华社新闻干部训练班结业，夏青直接来中央台，他先分到东北台，大区撤销才回北京。他的播音名为“李兵”，跟夏青同为齐越之后中央台男播音员中的两大台柱。据我的印象，他在反右前似是播音部（科）的团支部书记。以什么罪状划右派，不详，我也从没打听过。我想，在他们部门，如要按百分之五的控制数字打出右派来，他跑不了，一则他是业务尖子，二来出身不好，“底色”不行，他祖父或曾祖父是李鸿章。李鸿章当年如果想到他毕生的政治和外交活动，苦苦支撑了中国的门面，结果不仅留下个人的骂名，而且祸延无辜的子孙，也许早就悲愤自裁了吧。

李道堪文质彬彬，是一个有教养的知识分子的样子。也许他眼镜后面的眼光，能把人看得准，把事看得清，在正常情况下也能以主流语言做出逻辑表达，讲得头头是道；但本质上是一个软弱的人，带着对劳动和改造的畏惧情绪，兢兢业业地俯首听命，干起活来，总不能得心应手，出汗出力，咬牙过来了，却不知熬到哪一天，在谈思想时如实地暴露对前途感到茫然，必然反招来一顿批判。

一九五八年和一九五九年冬春之交，初到黄骅农场，正赶上“敞开肚皮吃”的机缘，是吃得饱饱的，又加数九寒天活儿不重，一段好日子。

一九五九年和一九六〇年冬春之交，粮食已经紧上来了，粮少油更少，冬天又缺菜。大约是一九六〇年冬，有一天，李道堪失踪了。说他吃不了苦，应该不仅是因饥饿而疲弱，禁不住修渠挖河的重体力劳动，也还因为名为联系实际改造思想的大会小会斗来斗去实在是精神折磨。这样双管齐下，逼得他这轻易下不了决心的人下了逃离的决心。

但那是天寒地冻的日子，冰雪载途，荒野无人，李道堪还没走到祁口，就冻饿交加，看着前路茫茫，是一线求生的欲望，使他连走带爬地返回到出发的地方。三十出头的李道堪像是老了二十岁。

一九六二年夏天，我在内蒙古伊克昭盟首府东胜找到他，在狭窄凌乱的一方小屋里。他编制上属于县民政局，他身上不但没有了当年做播音员时清俊潇洒的神采，也没有基层干部的干脆利落，而像一棵经霜打蔫的病树，仿佛身量都变矮了。

又过十几年，七十年代末，我们这些右派的帽子都一风吹了。李道堪到北京来，看望一下离了婚的妻子，长大了的女儿。到我住的地方，叫开门还喘着，他为气管炎所苦，喘着，咳着。年届半百，已是个不折不扣的老人。但我又看到他眼镜后面的眼光，比以前受难的时候有神了。他说，“改正”以后，他开班教英文，很受欢迎，因为大家感到有学英语的必要，他又能够教，总算用其所长。——我这才知道他还有英文这个长项，其余“所长”，就暂时，不，永远地搁下吧。

李道堪说，他后来在“文化大革命”中又结了婚。广播局说他现在人口多了，解决不了户口问题，不能调回北京。他说着憾然，怅然，但也就这样又回伊克昭盟去了。

万书玲和贾连城，都在一九四九年前做过电台播音员，也和李道堪先后划成右派。六十年代初，大饥荒的岁月，万书玲留在河北沧县专区，贾连城下放到内蒙古巴彦淖尔盟。同往巴彦淖尔的，还有一个年轻的录音员马之騄，虽然个头不小，却还是个孩子，在农场一休息，就拿出二胡拉《王三姐赶集》。他是个孝子，总惦念着倚门相望的老母亲，到内蒙古改行当了采购员，有时能借出公差回北京看妈妈。他们也都没调回北京。

在中央三大新闻单位中，人民日报、新华社，主持工作的有五十年代的“系铃人”，所以在“解铃”时，把一些下放的右派调回，于人于己都是聊以弥补的意思吧。广播局换了新的主事者是从中共中央联络部调来的张香山，于这里的右派左派都少干系，没有欠债之累，正宜“无为而治”，据说向汪东兴请示的结果，决定广播局错划敌我矛盾下放的人，落实政策就地安置，不再调京。似有两个例外，是北京广播学院以工作需要拟调回原对台广播部的李枫，原民族部的戴克承。李枫是上海地下党员，划右毫无根据；戴克承是毕业不久的大学生，鸣放中一言未发，却和另一大学生沈纪都被抓来凑数（沈已于一九五九年第一批摘掉右派帽子返京）。李枫从内蒙古调回后，没几年病逝了。戴克承还未及调回，就因车祸而死——被两辆大卡车夹在中间了。厄运总是降临在不幸的人身上。

李道堪也在八十年代中客死伊克昭盟。

〔附〕　风　沙

旧历年后，阳历二月底三月初，雨水节气过了，并不下雨，空气干燥，晴天，但日色昏蒙蒙的；北方的风沙从郊区进城，穿过大街小巷，粗鲁地摇动枯瘦的街树，卷起街角垃圾箱边的废纸……走到哪里，都须眯着眼睛。风扑脸，不冷了，但是叫人心烦。

一到春日风沙起，我总是想起一九五八年的此时。

也是这样的风沙扑面，走一段路，眼角、鼻孔甚至齿颊间都有沙粒，仿佛这不是文明古城、首善之区，而是戈壁沙漠。仿佛我不是如一般行人的行人，而是踽踽负重而行的骆驼。

二月二十四日这天，在处分决定上签下名字，接着就是一连串为下放劳动做的准备。衣、被、毛巾、牙刷、肥皂、手纸，一只茶缸，除此以外，还需要什么呢？人们提醒我，还要一副风镜，因为第一站是十三陵，地处塞外，风沙是迷眼的。

三月一日到了十三陵工地，挖土，抬土，独轮车运土。无风已是三尺土，汗湿后背，口干舌燥，恨不能此时此地一泓清水天上来，就淹我于水底也心甘情愿似的。黎明而起，日落方归；十日一期，干了两期。只有当肩酸腿疼，亟思休息的时候，听到歇工的哨子，随地坐倒，迎面一阵风来，把额角鬓梢的汗珠刮干，也不管那风里裹挟的细沙在脸上和了泥，居然体会到"清风徐来"的凉爽闲适意境。

从三月二十一日起的五天里，更是在风沙里穿梭。把家搬空，把书打捆，连同书橱书架桌椅衣柜，该还的还，不得不卖的卖掉，剩下的找地方寄存。忘记是为了什么事，跟李道堪在白广路上，枣林街口的一家小饭馆里聚首，匆匆忙忙吃了一顿饺子。出门时灯火昏黄，大风已停，但窗棂、路面、衣褶、心坎，无不散落着远从异域蒙古甚至西伯利亚飞来的沙尘。

三月二十六日于风沙中登车去沧县，在县城狭仄的礼堂里看了一场夜戏《宋士杰》，“我披枷戴锁边外去充军……”苍凉之至。过了一夜，到距城二十里的姜庄子，一色的黄土地、黄土墙，迎风呼喊口号，不免又吞一口风沙。但稀稀拉拉的冬小麦已经开始返青，如此的荒寒枯燥，竟不能抑制那绿色的生机。果然，十几天以后，降了本年的第一场雨。我正在地里干活，铜钱大的雨噼里啪啦打下来，我也随一片欢呼声，抄起扔在地头的棉衣，大步奔跑回村。然后，从敞开的屋门，望檐前的雨，喘息甫定，呼吸中感到一股凉沁沁的土腥气，痛快极了，甚至想写一首诗，一时忘记了被监督劳动的身份。

三十三年过去，这一切犹如昨日。一冬干旱，春日的风沙循例又来。不知三月四月能下一场好雨否？

此文为一九九一年三月三日作

东车站

三十多年前在北京，一说东车站，人人知道那是指的前门外东侧的北京东站。现在，这座在高楼与闹市夹峙中显得不起眼的半西式建筑物，挂着“铁路工人俱乐部”的小牌子，已经成为一个“古迹”，无复昔日的繁华与辉煌。

这个火车站曾经一片喧嚣紧迫景象，日夜吞吐着出入古都的各色旅客们。外地人，凡乘火车到过北京的，可以没逛过香山，甚至没逛过故宫，但没有不记得这个火车站的。

这个火车站，像北京任何一个地方一样，历尽沧桑，兴亡过眼。它迎来了自愿与被迫而来的游子，也迎来了它欢迎或不欢迎的权力者。它送走了高高兴兴首途的人们，悲悲切切离去的人们，他们当中有多少从此没有归来？

二十岁的沈从文从湖南凤凰辗转来到北京的时候，走出车站，在站前的广坪上站了一会儿，当年站前还有一块广坪，他该首先看到规整的箭楼，彩绘剥落的正阳门楼，心慑于一种深沉的庄严的美丽。他想没想到康梁是在一种森严的网罗下登车远遁，仓忙中不遑回首留恋这帝城的凤阙飞檐？

那年七月卢沟桥炮响，从北平到天津的铁路恢复通车后，第一趟车就有“四千赤色分子逃亡来津”，天津报纸这样说。这车上的旅客走进东车站，踏上逃亡的路，他们之中有没有人预想到自己“生还偶然遂”之后，到了一九五八年，会再次狼狈地告别北京站，把命运交给生死未卜的征途？

最近翻看了柳萌的《雨天的记忆》，写一九五八年四月集体发配北大荒那个下雨天，下雨天的月台，下雨天的列车；他故作平静地回忆着，说仿佛这记忆也被哩哩啦啦的雨给淋湿了。柳萌当时年纪轻，但同行的上了年纪的落难知识分子，想必每人都有自己的更早的“当时”。

低头踏上雨天的路，这是远行者。每一扇窗都在流泪，这是雨中怀远的人。

而一九四九年三月，郭沫若跟其他民主人士一起抵达北京东车站时，受到隆重的礼遇，流的是欢乐的眼泪，他当时成诗一首：“多少人民血，换来此尊荣；思之泪欲坠，欢笑不成声。”——不知为什么，这首诗他后来所有的诗集都没有收。

北京东车站的月台，从上世纪末到本世纪中，是一个日夜轮流开演的舞台，不管在台角弹压的是北洋军阀的军警，日本宪兵，国民党的军警宪特，还是“人民交警”。但因为几乎人人在这里“表演”过，至少走过过场，反倒把它淡忘了。文学作品都把它一笔带过，只有《金粉世家》末尾给了一个镜头。遗留下的这座建筑也还够不上一个“区级保护单位”。因为北京的古迹太多了，一百年的玩意儿算什么古董?

今天也将成为历史。而北京的每一寸土地都将成为历史的见证。

此文为一九八九年九月十三日作

中年歌哭

四川饭店

在和平门内绒线胡同路北。

一九六〇年秋冬，文秀已经怀孕半年，她不说，我也知道她吃不饱。肚子大了，脸小了，人憔悴，还要上班。我们从单身的时候就吃食堂，现在想独立起火也不行，不许退，没粮票。每天下班打饭，三下五除二就划拉下去了，菜也稀汤寡水，可谁都没想过给的分量不足。好几年后听说，一个管行政的副局长决定，在食堂吃饭的每个人头上，每天扣一两粮食。我们就糊里糊涂让人盘剥着，晚上还要到班上学习两小时，归来暗淡灯光下，更觉得夜长。文秀是连炸带鱼的骨头都放在暖气片上焙干，压碎了吞服，不是好吃，也不是充饥，是稀罕带鱼骨头里那点钙质，孕妇要补钙，别轻易糟蹋了啊。

我从农场回北京刚刚一年，逃过了农场最恐怖的挨饿岁月。旅法华侨陈润康回国不久，到国际台做西班牙语翻译工作，因为“攻击我们党有官僚主义”，打成右派。他的胃切除过三分之一，还是下放劳动，在黄骅农场我就看他单薄可怜。后来饿得够呛，回北京过春节，从陈为熙处借了些钱下饭馆，可能饿得太久，又吃得太猛，一下胃壁破裂致死。

那个冬天，又从机关“精简”一批人下放，名义是支援大庆油田，都遣送到黑龙江的安达市。我知道有个文艺编辑，原来不在下放名单，但他身材魁梧，食量大的人更吃不饱，在护国寺街西口商店偷点心的时候被抓，也没批判，就下放了。那时候买点心也要粮票，主管经济的陈云决策开放免收粮票的高价点心和糖果，是后来的事，随之，幼儿园就流传着新儿歌：“高级点心高级糖，高级老头儿上茅房……”

一九五九年、一九六〇年，副食商场除了凭证定量供应可怜巴巴的一些点心（桃酥之类）以外，空空荡荡，水果货架上摆过蜡制的假香蕉、假苹果。一般饭馆主食也得凭粮票买。只有高级饭馆才卖免收肉票的菜，价格高得吓人不说，机关里也不允许干部下饭馆（大约是要同群众同甘共苦的要求吧），偶尔去的人都是偷偷摸摸的。

我和文秀粮食定量应该说还可以，特别是我，因为到表演团体办公室打杂了，帮忙起草报告，为文工团员申请按体力劳动（吹管乐手则应按重体力劳动）确定粮食定量，批准下来我也沾了光，得免于浮肿。苟延性命于大饥馑之年，我们都有侥幸偏安于斗室那种可怜的知足心理。

只是缺少油水。我们也下过一次馆子，在离机关较远的公主坟附近，为的是避开熟人。不记得什么因由，又想上一趟四川饭店，或许是听谁说那儿还能保质保量吧，于是揣足了钱，跻身于虽不算熙熙攘攘却也是一群沉默无声而神色恓惶的食客之中。

绒线胡同这个路北的大院，一九五三年还是国家监察部所在，当时我来过。几重院子，“庭院深深深几许”，难得的是院中仿佛静谧无人，槐荫铺地，是真正北京老四合院的情味。

我们这些大路的顾客，不用深入，只在最外一进进食。因为是在特定的地点吃这一餐高价饭，事过四十年依稀是草草杯盘憧憧人影。本来可以吃完，但省下没吃完的鱼香鸭方，装进饭盒带回家，仿佛已难想象世界上还有这样精致而美味的烹调。

但这次从四川饭店回来，我们两个负疚地相约：不再上馆子了，不全是因为贵，而是想到老父老母他们自己不会去吃高价饭菜，也不会跟着我们去吃饭馆：我们心中有愧啊。

一九六一年二月初，文秀生了个儿子。闹闹满周岁以后，物质供应逐渐有所好转，这是周恩来、刘少奇、陈云、邓小平他们贯彻执行的“调整、巩固、充实、提高”八字方针初见成效。

我说四川饭店这个宅院还是监察部时我来过，那是一九五三年初在全国宣传贯彻《婚姻法》，这项工作由

哥哥和妹妹：闹闹和甜甜。

那时爸爸去劳改，妈妈带孩子，星期天去找些乱世的小欢乐。谢文秀在《碎片》一文里写下当时不堪回首的情景。

当时的监察部部长刘景范牵头。他主持有关会议，文质彬彬。我因操办广播特别节目，向他请示有关事项，都很顺利。

后来没有工作关系，渐渐忘却。五十年代中后期一路折腾，自顾不暇，哪里管得了监察部大院什么时候又是怎么变成了四川饭店？

到一九六二年，困难时期剩下个尾巴，从大饥荒中活下来的人们刚刚缓过一口气，却在北戴河会议上，针对李建彤小说《刘志丹》传开一句可怕的话："利用小说反党是一大发明。"

小说作者李建彤是刘景范的妻子。刘志丹是刘景范的长兄。

于是刘景范的名字消失了。

直到一九七五年前后，我在广播文工团劳动时还听说，刘景范和李建彤的女儿（刘索拉）想到广播乐团来而未果，被拒绝的理由也是父母的“问题”。

闹闹当时并不知道，爸爸一九六二年发表了以《小闹闹》为题的纪实散文以后，没多久就是北戴河会议和八届十中全会，强调阶级斗争，这篇作品便被批判为宣扬“卑微的儿女情和烦琐的家务事相结合”的不良倾向作品，到“文化大革命”更谥为“毒草”了。

鲁迅故居

我这里说的鲁迅故居，指的是宫门口西三条，指的是小院，伸向后园的“老虎尾巴”，东壁下的书桌，床下的网篮，壁上司徒乔的画，窗外的两棵树——一棵是枣树，还有一棵也是枣树，树枝戟指的，曾经是北京特有的蓝天，高而且蓝……

虽然鲁迅在这里没住几年，但我心目中这是真正的鲁迅故居，如果不算八道湾那一处，这几乎是唯一的鲁迅故居。

我不止一次来过这里。我在一九五一年初访以前，已经神游过，像对我旧家的房舍、树木、甬道似的，一闭眼能看到日影在哪儿移动，一下脚能探出哪儿有坑洼。

这院里的一切，果然跟我想象的一样，我是从先生的文字揣摩的，还是在梦中来过?

甚至我多次过上海，但一次也没有访谒过上海的鲁迅故居。也许是我的偏见，那样的楼房居室，可以像舞台布景一样布置和制作，只有如宫门口八道湾或故乡三味书屋百草园，才能够留下鲁迅的呼息。

尽管鲁迅在上海住的时间更长，经历更多，斗争更激烈。上海的朋友也许觉得我不公平……

上海和鲁迅：我只记住了月光如水的夜里，炮声沉寂了，先生一袭缁衣，独立在逃难暂住的栈房门外。而他的身影，犹如在古城的小院里那样，落在点缀着野草的地面。

鲁迅写于“民国以来最黑暗的一天”里的那些文字，是同故居不可分的，他“在淡淡的血痕中”看到的那一切，是同故居不可分的：宫门口西三条的故居啊。

一九六一年秋，中央台文艺广播部要对鲁迅的诞辰有所纪念，找到我。那时候政治空气因大灾荒后实行“调整”而略有松动，我起草了一个访谒鲁迅故居的散文式广播稿，制作成一次半小时的节目播出了。

二七剧场

二七剧场在二七剧场路：这像是同义反复。其地在复兴门外大街北侧，三里河路之东。

这个剧场离广播电台不远，离我住的真武庙电台宿舍更近，但仔细回想，我只去过有数的几次。

二七剧场属于铁道部，大约是一九五八年“大跃进”后修建的。我从劳动改造的场所回来，不几年就开始“文化大革命”；这几年里，不用说我没有进剧场的心境，就是有了闲情，也没有什么好看的。文艺界在反右派、“大跃进”、反右倾一波又一波的政治运动后，动辄得咎，还能放开手脚创作、演出什么新节目呢？

一九六一年的秋冬，我在电台文艺部资料室打杂，从广告上看到铁路文工团排了李劫夫的歌剧《星星之火》，决定去买票看看。

饿着肚子的时候看什么好？《白毛女》都嫌影射，像《星星之火》这样的革命历史题材大概最合适了。杨靖宇的遗体，日本鬼子解剖了，发现胃里没有粮食只有草根。

我那天草草吃过晚饭，就到二七剧场去。票好买。我来看这歌剧，不是来接受艰苦奋斗的教育，是因为呼延生主演，呼延生是十多年前我的小学同学。盔甲厂小学男女不同班，可我一转学到那儿就听说有个女生唱歌特别好，名叫“胡燕生”，后来才知道她双姓呼延。从一九四五年日本投降，我们小学毕业，一晃十六年过去了。

反右派斗争高潮之后，我已经被潮水搁在浅滩上，等待着茫然不可知的命运安排。偶然的机缘看了电影《柳堡的故事》，一曲宛转的有时是激越的长歌打动了我：“九九那个艳阳天呐哎哟，十八岁的哥哥坐在小河

一九五八年春，“反右”以后，下放之前，辞别家屋，窗前留影。——马上要发配“沧州道”了，为什么还在傻笑？

边……”十八岁的小战士要走上前线了，风车在河边吱呀呀地转，你何时回还……不回还……回还……不回还……

命运不由人啊，还真是个问题。

接着去十三陵，去沧县，去黄骅，我心里重温着这支歌，喉咙里常就哼出来。尽管我不是“十八岁的哥哥”了，尽管自知身份也不是革命战士。

这支歌，还有那首夏威夷的《骊歌》，成了那段岁月里与我生命相伴的“主题”歌曲。

后来，我才知道，听过许多遍的《九九艳阳天》就是呼延生的录音。

这回我要从舞台上一睹呼延生的丰采，久违了的有一副嘹亮嗓子的红脸蛋小学女生，经过科班训练，曾以民族唱法的一曲《艳阳天》唱进多少人心里，果然，又在《星星之火》里唱响了“革命人永远是年轻……”

当时，听梅益说“人民的物质生活匮乏，应该让他们的精神生活丰富一些”，这显然也不是他的发明，而是在收拾大饥荒残局，“调整、巩固、充实、提高”的过程里，文艺方面酝酿“八条”“十条”时的共识。人们余悸犹存，也许会想到革命历史题材比较保险吧。我看着台上的《星星之火》，心思跑到戏外，像我这样想的恐怕不止我一个。

再一次到二七剧场去，是一九六二年三月下旬，看中央实验话剧院《叶尔绍夫兄弟》[①]一剧的连排。那天田汉也被导演孙维世请来了。连排结束，又请田汉上台跟演职员合影。我目击田汉始终一言不发，而且脸色难看，一丝笑容也没有。在这个戏即将内部公演的喜庆气氛里，在性格爽朗的孙维世嘻嘻哈哈的衬托下，显得非常奇怪。是田汉年老有病过度疲劳了？是他同孙维世他们极熟，可以不必拘礼强打精神？抑或他对这一改编不满，以他剧作等身的宏富经验，实在看不上此剧的改编和导表演？……我当时这样寻思。当时不可能认识到，这个虽有生活气息，却意在追怀斯大林，对揭露个人崇拜持反对态度的戏，出现在与赫鲁晓夫争论明朗化的时刻，对中国意味着什么。也许田汉是当时在场意识到这一点的唯一的人，但形格势禁，不容明言，他既不便在人们兴头上泼冷水，更不能再加油

① 《叶尔绍夫兄弟》根据苏联柯切托夫同名小说改编，由中央实验话剧院首演，孙维世导演；集体改编的两个执笔者是左莱和我。

打气，这就是他紧锁双眉的为难之处吧。

接着，这个剧目到人民大会堂小礼堂彩排以后，又在那里演出。三月底的一天，青艺的李畏（他在“文化大革命”中不幸去世了，愿他安息）遵维世之嘱找到我处，说周总理也去，我说，我“怯官”，就不去了吧。

《叶尔绍夫兄弟》在二七剧场连演了许多场，我要过一张票，让母亲去看了。

“文化大革命”结束之初，我记得又去二七剧场看过戏，不是歌剧，是话剧，铁路文工团话剧团自编的《狂欢的节日》，好像是从“专列”着笔的。类此的急就章，还有青艺的《枫叶红了的时候》，剧场效果都很好。时过境迁，没人提了。我倒以为，研究话剧史的人，通过文艺现象研究当代政治运动史的人，都不妨把“文化大革命”结束后短暂时期内自发产生的诗、歌、戏、画以及各体文章重新审视一下，当会有所收获的。

西五里营

地在北京远郊区延庆。

一九六二年末我参加“整风”“整社”到了那儿。有一回原单位忽然传唤，怕赶车不及，经乡人指点，从官厅水库冰面上走到南岸，在康庄上火车。

再回西五里营，仍走旱路，是北京通往河北怀来的公路，经过路边的大佛峪不远，路左便是了。

这一带还有更大也更有名的张山营公社。这个西五里营想必也是前朝驻兵的所在，西与怀来交界，是延庆也是北京尽西头了。

下公路，要经过一大片果木林子。大年的时候挂果不少，这是西五里营的财富。那年收果子的季节，有一天，有一辆吉普车停到路边，下来一个穿军装的，看样子还是军官，提两个大包就来摘果子。看秋的早就注意着哩，上来问话，那个军官理也不理。看秋的也急了，就叫大队来人，硬把这军官架到队部去了。

据说，这军官一直嘴硬，不肯说他是哪里的，大队也不妥协，索性锁上门，让他一个人待在屋里。这是不是叫“非法拘禁”？不过，四十年前谁有这个法律概念？什么地方不是想扣你就扣你，想押你就押你？村干部自然觉得理在自己这边，村里村外，谁偷青逮着不罚？何况你是军人，军人也倒罢了，你还偷俺们社员的果子，抓住你又不老实，不肯接受教育，你不说你是哪个部队的，把你交给谁，谁替我们教育你？再说你什么也不说，谁知道你是真解放军还是假解放军？

最后还是那军人想脱身，说了软话，是不是还下了跪，我记不清了。好像结果是“私了”的，果子没拿走，包包留下了，没罚钱，也没让他留单位番号。这该属于农民的“宽大处理”吧。

当时会发生这样的事，奇怪吗，不奇怪。因为人民解放军当时还享有很高的威信，人们深信偷鸡摸狗的事是违背解放军宗旨的，群众这样处理给解放军抹黑的人，是合情合理合法的，是拥军的行为，是维护解放军的光辉形象。

万牲园

即今之北京动物园，在西直门外。

离西直门不过一两站地，早先交通不便，我家又在东城，小时候听起来遥远得很。尤其那时候它不叫动物园，或一度改称的西郊公园，而是古色古香的“三贝子花园”，跟“前清”的时间和记忆相连，可正式名字又叫“万牲园”，还有“北京农事试验场”，让人眼花缭乱的。

那时候这个其实只在近郊的三贝子花园，虽已开放游览，游人并不“如织”，还得用个子长得特别高的畸人站在门口售票，以广招徕。不过，这是当时小学校春季远足的好去处，比起上中山公园，它算郊游，比起颐和园，到底还是近便得多了。

朱自清编的《中国新文学大系·诗集》中，收了刘梦苇一首《万牲园底春》，是一九二六年四月一日写的，大概也是春游印象。一开头两句是："碧绿的秋水如青蛇条条，蜿蜒地溜过了大桥小桥……"（春游看到的是秋水？可见读诗不必当真）三十年代成书时诗人已故，诗人生平介绍中说朱湘推之为"新诗形式运动的最早的提倡者"。我对这刘梦苇有点印象，则是从废名谈诗而来，废名曾举这两句诗，以为恶札。我后来找到这首诗通读，在开头两句之后是："（碧绿的……水）被多情的春风狂吻之后，微波有如美女们底娇笑。"在这里说起这首诗和诗人，只是记起与这所名园相关的故实，并没有嘲笑早期诗人的意思，何况这必定只是一位年轻诗人的少作。

五十年代初，清明前后多是结伴骑车上颐和园，过其门而不入。一九五五年，在它东邻建成了尖顶上镶红星的苏联展览馆。开馆后就以苏联油画展和莫斯科餐厅吸引了第一拨的观众——游客和食客。以后每到展览馆或莫斯科餐厅来，都要到隔栏相望的动物园转一转。斯里兰卡总理班达拉奈克夫人赠送的小象米杜拉，曾经是人们纷纷参观的热门。那年月国门关闭，生活单调，这样一件来自社会主义阵营以外的，虽也不无政治色彩但带着些新奇情趣的事便能轰动一时了。

不过，整个五十年代、六十年代、七十年代，我曾多次去过西郊公园——动物园，并不知道园里有个畅观楼。“文化大革命”结束以后，纪念邓拓，提到“畅观楼事件”，还有陌生之感。

原来，畅观楼僻处动物园的西北角，一般游人不到的地方。我估计它在五六十年代，就像颐和园、北海里的某些院落、楼馆一样，也挂着“游人止步”的牌子。所以在一九六一年，邓拓带着一个“班子”，才在这楼里执行一件彭真交办的任务，就是检查几年来执行政策的失误——自然包括执行中的偏差，也包括政策本身的错误。中共各级组织历来总结工作、检查错误，在做出决议向党内外公布以前，一般都是严守秘密的，这样便于总结了经验教训以后，区别哪些可以昭告天下，哪些却不公开，以免发生“不利”的影响。这次检查所以躲进畅观楼，固然为了有关人员集中时间和精力，不受日常工作和生活杂事的干扰，也还是循着“保密”的惯例。不知毛泽东借助于哪位耳报神听说了这件事，便怀疑彭真正像赫鲁晓夫做关于斯大林的秘密报告那样，准备搜集他的“黑材料”，有朝一日做清算他的错误的秘密报告。这还了得，反了天了！加上彭真主持的北京市委的其他蛛丝马迹，做出了北京市委是一个“针插不进，水泼不进的独立王国”的判断，下了要“砸烂”它的决心；顺藤摸瓜，早在白区工作期间直接在北方局领导彭真的刘少奇，则是彭真的后台，他多年来特别是一九四九年以来也有了日积月累越来越多“不保持一致”的劣迹。此发动无产阶级大革命，“炮打”“资产阶级司令部”的由来之一也。

本是“三贝子花园”里一座两层小洋楼，在全党全国一盘生死搏杀的棋局上，竟成为关系全局转折的一枚棋子。邓拓当年受命于彭真时，尽管政治上不失其敏感，怕也没意识到如此的举足重轻，须以身殉！

前两年，偶然出席一次宴会，席设畅观楼。晚间华灯初上，动物园已清园闭门。园之西侧另辟大门，入门后曲径通幽，今天的畅观楼已对外营业，不再专供党政领导内部使用。

北京动物园先是王公贵胄的私家园林，民国后成为挂“万牲园”并“北京农事试验场”等牌子的公共场所，一九四九年后继续辟为公园；而其中的畅观楼，始而隶于官，终而隶于商，百年变迁，不胜沧桑！

郎家园

小时候我家前院有几棵枣树，沿南墙两棵瘦高的白枣，还有一棵嘎嘎枣；进门甬道旁边是棵“郎家园儿”，后栽的，我还在怀抱儿里，就能耸起鼻子闻枣花儿香，那碎碎的，绿绿的，甜甜的枣花儿。

到新秋，神往于墙外的叫卖声，不是春日的“买小金鱼儿——来买——”透着那么温暖明亮，也不像冬夜的“硬面——饽饽——”那么深沉；一声“郎家园儿的脆——枣儿唻！”从远而近悠悠传来，如一阵清爽秋风，愉悦而诱惑。

郎家园的脆枣儿，咱们家也有。

多少年的事儿，怎么记得这么清？母亲抱我在树下尝了一颗半熟的脆枣儿，我贪看脚下那蓬马莲草，一不留神，连枣核儿一起咽下去了。

这一来，印象就深了。那一年我三四岁，母亲不到三十岁。

后来搬了家，没有院子，当然也没有枣树了。枣儿都是买着吃，先几年有时还能买到郎家园的枣儿，后来就可遇而不可求了。母亲好像不止一次提起：“郎家园儿的枣儿怎么就没有了呢？”我都没在意。

大约一九六四年或一九六五年，秋老虎已经过了，有一天我下班，家里锁着门。母亲带着闹闹进门的时候，脸都晒红了。赶紧让他们喝水歇歇。母亲兴奋地说：“你猜猜我们上哪儿去了？”闹闹咬字不真，可也会学舌了：“郎家园儿！”

母亲真的是给她的孙子找郎家园儿的脆枣儿去了。

“怎么坐的车？”

“大一路呗！”这一趟蹽得不近。

“买到枣儿了吗？”

“没买着。”母亲怏怏的，“那一片都是宿舍楼，连卖枣儿的影儿也没有。”

“什么都没有。”闹闹也没精打采的，不知道出发以前奶奶跟他许的什么愿，我也不再问。

母亲强调是没找着，她不肯承认那个郎家园已经只是一个住宅区，一个汽车站，一个地名。不再有什么枣树林、枣树园了，——宣南的枣林街还剩几棵枣树呢？

但我还是对母亲说：明儿个我再找找去。母亲大概也没把我这话当回事。

闹闹在幼儿园。

那一年我的儿子闹闹三四岁，我不到三十岁，我母亲也才将近六十岁。

转眼三十年过去了。其间我有两三次经过郎家园，或乘公共汽车，或骑自行车。我都没打听郎家园的枣儿，我早就不抱希望了。母亲还在的时候，也不曾再念叨郎家园儿，她一定也早就明白那里不会出脆枣儿了。

母亲去世快八年了，坟都迁了一次。我已经六十多岁，闹闹（当然早就不叫小名了）也已经三十出头。过两天即是处暑节气，雨后新凉，街头摊出头一竿子鲜枣儿。青的，红的，我没问有没有郎家园的，郎家园的枣儿已成历史，北京人还有几个记得？

谨以此文纪念生于北京、死于北京的母亲。

此文为一九九四年八月二十一日作

〔**附记**〕读了邓云乡先生两篇谈说北京街道宅院的文字。我还特地骑车上他说到的察院胡同西口去看了一下。他提到开宽长安街前，从西单往西的两条胡同，一条是旧刑部街，还有一条报子街，他误记为报子胡同了（报子胡同也是东西向，在西四北大街和赵登禹路之间）。我很希望老北京人写写每一条大街小巷，我想不光是北京人会感兴趣的。

灰楼

复兴门外真武庙路路东，真武庙二条西口往北。

不久以前在复兴门外大街西行，从车窗望着复兴商业城、光大银行……那条真武庙路里，却不见我熟悉的灰楼，而路口分明是全国总工会的办公楼。路没错，里面的灰楼消失了，改建了。

灰楼和附近的粉楼，始建于二十世纪五十年代中期，在广播大厦落成以前，是中央广播事业局、中央人民广播电台、国际台以及北京市台的办公楼。命名缘于楼的颜色，粉楼以其粉红，灰楼以其灰白。

灰楼的五楼曾部分辟为集体宿舍。多事的一九五六年，我就住在其中一间。我的床守在门口，同室还有对台广播部的苏新，广播剧团的张庆仁。

苏新是台湾省人，家眷还在那边居留。他大约是一九四八年前后到香港，又转来大陆的。相对于我这样二十啷当岁的小伙子，四十多岁的苏新同志已是老人。他很持重，不大说话，说话时彬彬有礼，就是对我们小辈也一样，很客气；他单身住在集体宿舍，真是以身许国，四海为家，为革命奉献一切，在所不惜。我私心对他十分敬重，其中又夹着几分同情。

一九五七年初，我一结婚就从灰楼迁出了。

再进灰楼，已经人比楼“灰”。六十年代初我已经是“摘帽右派”；老上级左荧收容我到北京广播学院汉语教研组，学院成立于一九五八年，还在草创阶段，当时广播局机关都迁入广播大厦，灰楼就成了学院校舍。

我在学院待了半年，工作是给新闻系一年级和侨生班（许多是被印度尼西亚政府反华时迫害的华侨子弟）辅导汉语课和作文课。辅导课常安排在上午十点到十二点两节。刚上课还好，站到近中午时，两腿一阵阵发软发抖，那是饿的。四十年过去，别的都忘了，这个挨饿的感觉一唤便醒。——难忘的一九六〇年啊！

后来调到中央台文艺部资料室，遂告别灰楼。但与灰楼因缘没断。更加灰头土脸地进灰楼，灰楼已经是拘管广播局专政对象的“政训队”了。

时为一九六六年八月二十五日。我进了这个“政训队”的一队一班，这一班以文工团的人为主，有总团团长柳荫，副团长陈庚，艺术指导陈戈，说唱团团长白凤鸣，一级演员侯宝林，还有曲艺作家王决，民乐团指挥彭修文，在文工团打杂的我，再加一个管行政的副局长李伍。

地点就在我住过的灰楼五层。上楼往右是一队，共六个班，包括局长梅益在内，所谓“走资派”、“反动权威”和像我这样忝为“老右派”者属之。上楼往左是二队，是许多有所谓问题后来证明都不成其为问题的人。

一个一个入队，都要恭听宣布十条“无产阶级专政纪律”。四个月后解散时，“造反派”称这个队是为了“保护”这些牛鬼蛇神而设置的，理由是隔绝了群众的揪斗，每星期还能吃一次带荤腥的菜，如肉片烧茄子！

当时还在位并决策成立“政训队”的，以局党组一把手、政委丁莱夫为首，下至政治部的一班人，未必有保护梅益、侯宝林等人之想，弄个名目把“黑帮”和“一切牛鬼蛇神”软禁起来，恐怕是接受了历次运动的经验，又借鉴了左邻右舍的做法。不过事后回顾，也许客观上确实起了“保护”的作用。

刚一进来，班里还有一合唱队员，白白净净的年轻人，名叫钱正。我们两人抬筐在煤堆上来去，他赤脚穿着塑料凉鞋，走在煤块上磕磕绊绊，还是很出力地快跑，表现为积极地接受专政。我心里奇怪这样一个人怎么弄到我们班里来。冒着违犯专政纪律的危险，我试图满足自己的好奇心。才知道他父母一九四九年到台湾去了，而他从小就地在南京参加了部队文工团。不知是不是因为这个“台湾”的关系，才从部队转业。可惜我的好奇心还没得到充分的满足，钱正这个人就消失了。纪律在上，不能多问。但私下里却有传说，一说他从五楼跳下去了，一说他被公安部门逮捕了。又传说他父亲是台湾高雄市的“卫戍司令”（？）云云。

一九七九年后，各项冤假错案陆续平反。“政训队”一队二队“成员”几无例外。但没听说关于钱正有什么说法。又因为我在一九七八年底就离开广播局，有时记忆里闪过这么一个人，但从没找人问过。钱正其人者，到底是死了，还是抓起来了？抓起来以后怎么处置的，放了没有？放到哪儿去了？八十年代后有海外、境外关系的，都“吃香”起来，成为“统战”对象，如果钱正健在，及此殊荣，我该会辗转听说的吧？

在“政训队”住了四个月后，放归“群众当中”，接受“群众监督”，我又重新留起头发（当初“落发”是我在“政训队”内唯一自主的决定，令孙队长发现后感到惊讶，但未怪罪）。又一年四个月后，于一九六八年五月三日重入灰楼。还是“黑帮队”或所谓“牛棚”的性质，这回名目叫作“大联总专政队”，上有“群（众）专（政）办公室”管理，直属各派“大联合总部”，此时已军管，真正做主的是军管小组了。在我，也算是“二进宫”了，我却不似初入灰楼“政训队”的沉重。在里面是专政，在外面也是专政，其间远没有五十步与百步的距离，一步之隔耳。

上层的事不去说它，只说这个“走读”专政队，维持了一年之久，到一九六九年四月“九大”前夕解散。这个队里除了老“政训队”的班底以外，加上了“亮相”于两派的一些干部，还有“文化大革命”初期打倒了的梅益，随后又在“一月风暴”夺权中被造反派打倒的丁莱夫。不过，梅益、丁莱夫等六七个人未在专政队“走读”，而在专家楼里“全托”，即单人监禁，上食堂也有人押解了。

专政队基本上半日劳动，半日学习，学习是在灰楼二层一间大办公室，如果我记得不错，正是几年前汉语教研组的所在地。坐在长条凳上，常不免回思往昔，有时一瞬间仿佛窗外射进来的还是旧日的阳光。

让这些曾经坐办公室，时不时靠着椅背休息一下的人，统统坐长凳，大约也是主持者实施专政和改造的苦心。就像后来中（共中央）办（公厅）进贤干校的重要经验，“机械化不能代替革命化”，可以用载重汽车运输的，偏要用人拉肩扛，其思路完全一致。让这些“养尊处优”的家伙只劳动半天，就是恩典了，半天学习实为休息，够舒服了，不能给椅子，只能坐条凳，挺着腰！这或者有助于消除“三大差别”之一的脑力劳动和体力劳动的差别吧。

苏新这时也在专政队里，该干活就干活，该坐长条凳就在长条凳上挺直腰坐着。他动作沉稳，更少说话。

外面在“清（理阶级）队（伍）”，里面也在“清队”。苏新跟我不同组，即使同组也不能互相沟通；全是坐牢的一套，不许互相询问案情，以免“串供”。大家集中在这个队里接受专政和劳改，但还须对原来所在部门的“清队领导小组”负责。直到专政队快结束时，每个人要写自传，才在专政队里开会，通过典型对全体施加压力，为的是要大家分别“认罪”，“彻底交代”各自的问题。

我因为是“老右派”了，即使有了“新问题”，也只是白纸黑字摆在那里，问题在你如何判断，不在我如何“交代”，更用不着内查外调，这时便觉轻松——也是一种奴才式的轻松吧，犹如有的猪拖去杀，那没被捉的猪就在旁边轻松地觅食。

在这期间才听说苏新一些情况，粗知他三十年代初就是台湾共产党的中央宣传部部长。当时台共地下党归日本共产党领导，所以苏新被捕，在日本报纸上见过报道。现在就以三十多年前的日本报纸做根据来审查苏新。哦，他是坐过台湾监狱——也就是日本监狱的。那个年月我还没有出生，或刚刚出生。饱经沧桑的苏新，不知有什么样的今昔之感，他曾经拿今天的“群众专政”跟昔日的铁窗生涯做过比较吗？

想苏新之所想，我的心一下子沉下去了。原先我寻思，他要想恢复组织关系，要等到台湾解放，而现在，谈什么重回党内，他的问题要想澄清，也是遥遥无期了。如果大陆上的台胞中没人能做他的历史证明人的话，待到台湾回归大陆那一天，在岛上还能找到证明人吗？谁知要等到哪一天，苏新能等得到，他昔日的同志，可为他那段历史做证的权威人士却还能健在吗？

不幸中之大幸，可敬的台湾老同志苏新活到了“文化大革命”结束，虽然听说活得很艰难。我从党报上读到他逝世后追悼会的消息，那些加诸他头上的诬蔑不实之词全已不见，还了他一个革命者的清白。

又过了几年的八十年代中期，我才听说，他留在台湾的女儿（似名苏庆黎），也成为一个政治活动家，她以“夏潮社”的名义，突破台湾国民党当局的种种禁令，为台湾回归祖国的统一事业做着持久的努力。

但我不知在苏新最后的日子里，曾否见到分别多年的女儿。

镇江胡同

一头在崇文门内船板胡同，一头在北京站西街。

五十年代我在广播电台当编辑，技术部门的人，工作没有接触的就不太熟。有一位胖胖的矮个子常对我含笑打招呼，我估摸他是技术部门的，但叫不上姓名，又不好意思问，这便是所谓的“点头之交”吧。

一九五六年“五一”前后，采访全国先进生产者代表大会。有一天，好像是在天坛东边那个老体育馆，忽然又碰上他跟我打招呼，我先以为他也是来搞录音传音工作的，后来看见他胸前佩戴的是“代表”的红条，才知道他是广播局系统的先进生产者——也就是劳动模范了。一查与会的名单，原来他叫李宝善，是技术部门的一位工程师。

知道人家叫什么，就好搭讪了。又是偶然邂逅，攀谈几句，发现他知道我的父母住在船板胡同，原来他家就住在镇江胡同。

出我家门往东不远，一拐就进了镇江胡同。不知道当年是怎么命名的，小胡同跟镇江有什么因缘。关于这条胡同，可说的不少，还是只说李宝善。

我回家跟母亲说起，她居然有印象，说镇江胡同有位李太太，南方人，多半是上海人，穿得总是很齐整。我懂得这意思，是说她的衣着风度与街道市民不大一样，多少保留一些旧日上流社会的遗风。母亲出门买菜、办事，有时候遇见打个招呼，也算是点头之交了。

反右之后，我成了二等公民，到劳改场所转了一圈，回到机关大院，仍然有人跟我打招呼，并不扭脸装不认识，其中就有李宝善，笑容依旧。我自然也以笑脸相报。

说话就到了“文化大革命”。广播局在灰楼成立了一个“政训队”（用今天的话叫“非法拘禁”，当时叫“隔离审查”），分一、二两队。一队大概是“公认”铁板钉钉的右派，我属之；二队则是“待决犯”，有所谓问题而应予“冲击”“隔离”“审查”的候补右派，我在点名出操时就在那队列里发现了李宝善。这时候我们已经没法互相点头微笑了。

时为一九六六年八月，到十二月下旬即“圣诞节”前后，因上面政局发生微妙变化，“政训队”解散，各自回家。我才知道在受“保护”的四个月里，北京城发生过一些什么可怕的事情。母亲告诉我，李宝善的母亲在街道里被揪出来批斗，因她“嘴硬”不肯承认什么，斗得更惨，不但衣服撕的撕剪的剪，连头发都揪掉一块一块的。原来李宝善业余还喜欢玩无线电，自己装配收音机之类。这样，在抄家的时候，就指他留在家里的一台收音机是“发报机”。李宝善在机关拘留着，这“特嫌”就得由他妈妈承担了。我这里表述的可能不够准确。究竟是因抄家发现收音机成为特嫌呢，还是认定特嫌才抄家，然后抄到收音机当作物证呢？是街道上有人看着他们家生活状况、生活习惯不顺眼，组织了抄家呢，还是李宝善所在单位挑头在街道居委会和街道积极分子配合下抄的家呢？恐怕永远也弄不清了。

李宝善，这个对人包括对我充满了善意的非党工程师，技术骨干，就这样打下去了。后来无声无息地不见了，还是从我母亲那里听说，他母亲，连同他的妻子和小孩，举家南迁上海老家。李宝善坚决请调，去了上海唱片厂。八十年代上海唱片厂似乎有过一段兴旺日子，里面或许也有他一份功劳吧。他已过了退休年纪；她母亲如健在，当在八九十岁之间了。

〔**附记**〕写此文后偶然听说，李宝善在七十年代后期，举家出境，是到香港还是经由香港到了外国，就不知道了。

〔**又记**〕这则小文在《收获》刊出后，承一位上海读者见告，二十世纪八十年代之初，上海某个期刊发表一篇报道，歪曲事实对李宝善进行攻讦，李宝善提起诉讼以维护个人的名誉权，并胜诉。但这一起由个别干部与记者“协作”的侵权事件，大约使受害人在“文化大革命”后刚刚舒展的心情受到伤害。李不久即出国。据说已病逝异乡。当我写到这里时，不禁怃然。

广播局招待所

在复兴门外南礼士路路西。

这是一座四层楼房，约在五十年代中后期建成，广播科研所曾设于此，大家都习于叫它“科研所”。不知从什么时候起，有一两层划为招待所，又不知从什么时候起，整个儿变成了招待所。

“文化大革命”开始后，一九六六年十二月下旬广播局的“政训队”解散以前，我有几次被派到那里去干活，是空房子彻底清扫，从拖地到擦玻璃窗，只有几个人，做好这间做另一间。八十年代初天津一家文学刊物组织陆文夫、邓友梅等写同题小说《临街的窗》，其中邓友梅就写几个专政对象擦楼窗的故事，不免唤起我在科研所楼上擦窗户的回忆。不过我只是擦窗而已，几个人都只是擦窗而已，登高履险，有点如临深渊的惴惴然，并没有更多的故事。

“故事”出在后来这座楼里，但不在我们这些人身上。是一个“革命群众”跳楼了，据说是被某一派的头头逼出的人命。一时掀起称不上轩然大波的小波澜，随后也就风平浪静了。

“老三篇”里有名言，“要奋斗就会有牺牲，死人的事是经常发生的”，不管是为革命而牺牲自己或牺牲别人，死人都是常事，这样看死生之事，也就没什么想不通的。

在没有楼可跳的地方，照样有人死于非命。广播局淮阳干校四连，有个广播管弦乐团的朝鲜族演奏员，有一天失踪了。本来组织群众围剿他的连排干部，又组织人到处寻找他，一直找到田野大地上，用不着“围追堵截”了，找到的是他无言的尸体。这位朝鲜族同胞的妻子，留在北京，是广播剧场的清洁工。我后来重又到剧场干活的时候，还见到她，像所有朝鲜族妇女一样，也总是勤勤恳恳，一言不发地干活，干活。

广播剧场

在西二环路南段路西，与广播大楼比邻。

完全苏式的广播大楼于一九五八年建成，当时是北京继苏联展览馆（现名北京展览馆）之后的第二座苏式建筑，颇辉煌了一阵。美中不足的是，选址在复兴门外路南，苏联图纸大概却是按照坐北朝南设计的，依图纸不走样地落实以后，主楼所有办公室、会议室一律北向开窗，背阴，而向阳一面是厕所、楼梯等设施，以常理度之，是倒了一个个儿。

广播大楼一层有音乐厅。起初开全局大会多在这里。渐渐地发现座位不够。随后建成的广播剧场，也许初衷不过是要一个内部礼堂。后来实际也证明，很少公开对外，长期以来没有什么营业性演出。

“文化大革命”开始，广播剧场为“扫除一切牛鬼蛇神”提供了广阔的空间。台上批斗“走资派”的时候，从专政队调来陪斗的队伍，站在侧幕条后面“候场”，有足够的余裕。再成倍地打出大群“敌人”来，地方也够用，还有后台呢。

后台从六十年代起就归广播文工团使用，三楼是说唱团，二楼是剧团，一楼是总团团部，还剩下几间化装室。

我从一九六二年春天起就到二楼剧团，先后换过几间办公室，除了被专政两度送往劳动场所，又住了四年干校，我在这个剧场后台实实在在盘桓了十来年。

我最系念的一间办公室，在二楼，面对着一方小小天井。天井正中，栽着一棵泡桐树，是一九六六年二月排演电视报告剧《焦裕禄》时，从兰考沙地移来小苗当道具的，戏演完了，就插到平时没人进去的天井中。它的生命力也真是强，到一九六七年夏天，就一蹿两丈高，把绿荫投向我和余琳、悦怀怡共用的那间办公室的纱窗。

一九六七年正是我在两次“群众专政”之间的一年，专政间隙的小自由，毕竟也算是某种程度的自由。那是“革命形势大好，不是小好，也不是中好，而是大好”的一年，各人对形势大好有各自的理解，各人为这大好而瞬息万变而朝令夕改而突起狂飙而暧昧不明的革命形势，挥洒着各自的才干和热情。随着形势的变异，人们的定位和各自的心情并外化为表演而一张一弛冷暖炎凉哭笑无端。在我们那间办公室里，人际关系相对稳定，彼此能够互相信赖。但是有一个不断“反戈一击”并被时流誉为“不断追求真理”的所谓“自来红”的跳梁小丑，柿子拣软的捏，相中了我这个依“十六条”规定“即使是真正的右派，也要放到运动的后期酌情处理”的对象，挑衅，找碴，他的革命豪情要找个发泄的地方，他的阶级优越感要落实在卑贱的异类身上。他已经不止一次闯进这间办公室借题发挥，无事生非。他总要尝试用历史上一切奴隶主对待奴隶、一切狱卒对待牢囚的口气颐指气使、质询和申斥。有一次，我终于忍无可忍，用语录顶了他，大出他的意料，退出时把门一摔，撂下句："你太猖狂了，等着瞧！"我真的就等着，我想他一时调兵遣将没人会跟他来，但他本人还会来，既然我已还口，他为压倒我就会动手。他若动手，我还不还手？——还手！我生来没有打过人，但我只能向党低头！向人民低头！而绝不能向哪个个人低头。欺人太甚，那就拼了，拼个鱼死网破。哪怕你年轻力壮，打得我头破血流，我有一口气，就礼尚往来，哪怕厮打得纠缠胶着，平地里不分胜负，就上桌子，上桌子不见分晓，索性一起跳出窗户，泡桐树的枝杈不把你接住，我跟你就同时落地；你不让我活，我也不让你活了。

后来此人没有再来，只在他认为气候适合的时候书写张贴了一批"邵贼必须低头认罪""邵贼顽抗到底，死路一条"的标语，贴满了这层楼。

一旦我又被军管小组勒令到专政队去，这个家伙也管不着我了。单有个所谓"大联（合）总（部）群（众）专（政）办公室"分配我们劳动任务。

广播剧场又是我们经常被派来劳动的地方。但后台我们不管。我们只管前台，有时打扫卫生，有时做些小维修。管剧场的老电工马师傅，还有舞台工作队队长老吕，手下无兵，得到这批劳动力，对我们这些老老少少的“牛鬼蛇神”，态度十分正常——就如平时同事之间的工作关系。

那时候，几重大幕，都还是用一块块几十公斤的大小铁锭制衡的。调整铁锭，升降幕布，都是站在高处狭窄的铁栏杆通道上，两条胳膊同时吃着劲，心里确是紧张。倒不是怕自己摔下去，是怕万一撑不住，松了套，成百斤的铁锭失控砸下去，大幕二幕哗啦啦或上或下，会是什么后果。我因为没弄清这些互相牵掣的结构，心里没底，就更添担忧。

因为格外小心，包括比我年纪大的，都没在这方面出事故。偏偏是清扫舞台的时候，张纪明不知怎么一不留心，从舞台边上一步踩空，掉进深深的乐池。幸亏只是（！）脚后跟骨折，连治疗带休养一段时间就又来干活了。

张纪明三十年代就在青岛海关做职员，好像还曾去日本留学。抗日战争开始到了延安，因日语好，在国际台主管亚洲部。一九五八年，这位兢兢业业宽厚待人的长者被划进“温邹张反党集团”。此时已经六十来岁了。我们说他真是命大，也有赖于从年轻时体质就好，又经过了多年的磨炼，什么都能经受，依然故我，还那么硬朗矍铄。

发生张纪明跌伤的事以后，我们在广播剧场就没分配什么叫人悬心的活儿了。

路村

属京郊房山，在广播局发射台“十二号工地”附近。

从京广线一个名叫窦店的小站下车，东行，经冠名琉璃河的一个厂子（水泥厂？记不清了），就到路村。一个多钟头的路。

一九六八年九月，我随广播局专政队全体转移到路村，到了那里，才发现已有大批人马先到，净是熟人，原来他们虽然没进专政队，早已在广播局各部门各单位的“清（理阶级）队（伍）”中立案审查，都是“未决犯”。

被“清理”出“阶级队伍”的队伍越来越大。重新编队，我们原先的专政队就打乱了，我不知怎么跟科研所的朋友们分到一块儿去了。

有一天，从田间回来，一进村就解散了。正往我住的院子走，过来一支下工的队伍，走在最后的是刘宝瑞，脸色灰白，指着前胸对我说：“心口疼，实在干不动了，你给我说说。”他用期待的近似乞求的眼光看看我，没等我回话，就赶队去了。他佝偻着背，艰难地蹒跚走着。

我定在那里，想怎么办。刘宝瑞不顾“不许串联”的纪律找我说话，一是实在忍不住了，二是信任我。从一九六〇年相识，有一阵成天一起整理老相声，至今也八九年了；在一九六八年这一届专政队，我当队长，劳动，生活，明里暗里有些照应，都是心照不宣的。

但在这里，我不是队长了，又不在一个班里，我怎么替他说话？我是跟他一样的专政对象啊，还得提防有人打你的小报告。

想来想去，晚饭的时候我找到王决[①]，他跟刘宝瑞比我还熟。他不会以为刘宝瑞偷奸耍滑，更不会说他装病……我说，看宝瑞那样儿，得让他歇歇工了。王决跟他在一个班里，也许能不露痕迹地向谁提醒一下。

夜里下起雨，天亮也没停，这样的天气照例是学习，想到刘宝瑞跟大伙儿一样不用出工，我心里也踏实了一点。或许我们求情没用，老天爷才管用。

一早出屋洗漱，发现刘宝瑞他们那间屋子情况异常，小小骚动，却是无声的骚动。我们所有的人都被告知“不许乱说乱动”的，平时便缄口不言，彼此不过话不打招呼。这个早晨，不但他们班里的人板着面孔，还有铁青着脸的“干部”出入。发生了什么事情了？

早饭场上仍然鸦雀无声。但从别的班的嘁嘁喳喳里，

① 王决，曲艺作家及研究家，“文化大革命”前和“文化大革命”结束后都在中央电台文艺部曲艺组。已故。

模糊地听说刘宝瑞死了，——并且说是吃安眠药自杀的。

自杀，就是“自绝于党，自绝于人民”了。他为什么出此下策？要么是看不到前途，一死了之；但也许就是因为“心口疼”，又还得下地干活，难以忍受病痛之苦，自求解脱……

我又看到他那双凄楚的，绝望中残存着一线期求的眼光。像针扎着我的心。

我辜负了他的信任。昨天我本该立马找到他们的班组长，或是他们原单位的“干部”，直截了当地建议，让刘宝瑞休息，不能再带病劳动；受审查归受审查，看病归看病，“发扬革命的人道主义”！但我没有这样做。竟是因为自觉被专政的身份！

这想法翻来覆去折磨着我。学习文件的时候一直神不守舍。

忽然通知我出去，班里只叫我一个，带上铁锨！

走过一片泥泞，到了生产队一块地边，原就低洼，没种什么的地方，叫我们四个人赶在午前挖出一个坑来。

我看看王决，看看张品兴，大家就都一声不响地挖起来。只有下雨的声音，铁锨吃进土里的声音，带着泥水甩土的声音。

雨水顺着衣领流过脊梁。一边出热汗，一边脊梁发凉。

任谁都没说什么。

下午雨还没停。我们四个人又来这里。

这坟坑朝村子一面，已经用淡蓝的塑料布围起半边屏障。

我们没有什么活儿了，修修补补，拖泥带水的也做不出什么样儿来。似乎只等刘宝瑞的尸体抬来下葬了。

等到下午四点钟。远远听见有一两声汽车鸣笛。广播局保卫处的老处长彭保一行陪着一位客人来到。刘宝瑞的尸体也适时地抬来。那位客人是法医。人群簇拥着他麻利脆快地在蓝塑料障子里做了一套手术动作，我们自然只远远地望望，转过脸去，做出漠不关心的样子。

随后刘宝瑞入穴，噼里啪啦往他身上盖土，我内心总以为刘宝瑞会有知觉，土撂在他身上格格棱棱，不说打疼也会极不自在；但理智告诉我他不会感到什么了，现在这一切所要折磨的是我们。

等到泥土盖住刘宝瑞的尸体，看不见了，我们连忙加快节奏，好赶快从这次受罪的劳役中逃离。完全没顾上那边保卫处长、法医和其他“干部”们在谈些什么。

在滤去了当时的雨水、仓皇、愤懑、恐惧、歉疚、恶心多种感觉以后，我记得我们看到一个瓶里装着一个脏器，那是刘宝瑞的胃，法医指出这个胃上有个穿孔，刘宝瑞系因胃穿孔致死，胃里没有食物也没有药物的残迹。

法医又被人们簇拥着，到村边上车走了。

这里，保卫处的老处长见我们已把坟坑填平，痴痴地等候着新的指令，就过来安抚地说："没事了，你们回去吧。"然后又正色警告："今天在这里看到的，听到的，不许说出去！"

我们看到了，听到了什么？

刘宝瑞死而不能复活了，这一切还有什么意义吗？

当时，我回到自己的班里，果然没人问什么。好像一切都没发生过一样。科研所的朋友对刘宝瑞不像我那么熟，何况"不该说的不说，不该问的不问"这条保密原则，用在专政对象身上，分量更需加码。

一九六八年十月下旬，集中在路村的审查对象陆续撤去，最后我们这支专政队也原编制返城，只少了刘宝瑞。他留在路村了。

"文化大革命"结束以后，我离开了广播局。我不知道那里人们怎样议论刘宝瑞之死。

三十三年过去。不但刘宝瑞已缄默三十三年，当时主持处理善后的保卫处长也去世了，跟我一起参加挖坑下葬的，王决不在了，健在的只剩张品兴，我，还有一个人，当时印象不深，姓名失记。

我尊敬的丁一岚（邓拓夫人）那年也跟着专政队在路村。她去世前不久，在电话里还对我说起刘宝瑞之死，她记得张纪明在通铺上跟刘宝瑞紧挨着，他是刘宝瑞那最后一夜的权威证明人。

我所尊敬的张纪明，一九五八年莫须有的"温邹张反党集团”中那个“张”，我原想就刘宝瑞的最后一夜找他问问，后来又想，老人已年近九旬，别再打搅他了。

另一位我所尊敬的老人陈庚，原广播文工团的领导，当时也跟专政队一起在路村。他前年告诉我，那个该对刘宝瑞之死负直接责任的人（他没说此人名字），也死了，死前总是梦到刘宝瑞。该是他自知欠了一笔生死债，内心惴惴，夜有所梦吧。真是报应。

〔附〕 关于刘宝瑞之死补记

我的《路村·刘宝瑞之死》（二〇〇一年十月十六日《北京青年报》）刊出后，接到广播局老同事徐衡兄来电来信，以他的记忆相告。原来，一九六八年秋，他也是作为专政对象在路村参加秋收劳动，几十个人住在一个大屋，分成两排睡地铺，他正跟刘宝瑞头对头。

徐衡提到，路村有六七百亩地，秋收时节天天白日在地里干活，晚上就在场上“剥棒子（玉米）”。这我记得。当时广播局来人有四五百，围坐一大圈儿，那圈儿有小足球场大。

他说起刘宝瑞猝死之前那个晚上，在“剥棒子”现场发生的事情，我却全无所知——我搜索记忆，如果目击过这样伤心惨目的场景，是不会遗忘的——也许因为人多，嘈杂，心无旁骛地干活，从不“乱说乱动”，进而一切不闻不问，这才什么动静都没往心里去。

徐衡是这样记述的：

这天，那个管我们黑帮队的郭××忽然发现，就数刘宝瑞剥的棒子少。于是，大声斥责之后，他就喊刘宝瑞站起来，又找来个大粪箕子，装满玉米，直到起了尖，让刘宝瑞背上，围着四五百人的大圈跑。那个专政的执行者，紧跟在后边，像赶驴一样，不断吆喝："快跑，快点！再快点！还得快！"

徐衡说，每当刘宝瑞从他身后过一回，就总先听他"哼哧！哼哧"大喘气，随后，就是那个专政执行者的吆喝声，盖过了刘宝瑞的哼哧声……那时候，见专政的人也跟着来了，人们都赶紧干活。他心里虽然不是滋味，也顾不得体会刘宝瑞是啥心情了。

徐衡说，平常，天天晚上干完活回屋，刘宝瑞总是先拿上小搪瓷缸，艰难地一步一步挪到院里开水桶接水，再蹭回来打开几个小药瓶，倒出几粒来，就水吃下去。然后吃力地拉开褥子，慢慢躺下，用夹被盖上，赶紧闭目养神。他苍白的脸上，鼻翼不住颤动，费力地喘气。刘宝瑞说过，他血压高，有心脏病，吃的主要是治心脏病的药，还有肠胃也不大好，近来气喘又厉害了。

这天晚上收了工，回到住处，徐衡见刘宝瑞已经瘫在铺位上，拿起那个小搪瓷缸，伸着颤抖的手，有气无力地哀求："徐衡啊！你给我倒碗水吧！"

这天夜里，听刘宝瑞像往常一样呻吟，声音时大时小，声调却拖得很长很长。熄灯后，夜深人静，哼哼声显得更大了。全屋的人都不作声。徐衡也终于在这呻吟声中睡着了。

第二天早上，起床哨吹响了，大家都麻利地穿好衣服洗漱，见刘宝瑞一动不动，不知什么时候他已经停止呼吸了。

我那篇回忆文字还只叙述了刘宝瑞黄昏收工回来的劳累病痛，如果没有徐衡所述的当晚这场折磨，他是不是还能多活几天？——谁知道？

刘宝瑞有病不得疗救，又加上超过他体力负荷的劳动，还有如上的身心双重摧残，不死才是奇迹。而在他死后，有关方面即使找人进行尸检，也只是为了推卸（至少是）管理的责任罢了。

现在人们回过头来，称刘宝瑞为“单口相声大王（或大师）”了，而在一九六八年，还不是一介专政对象，可以随便用手指捻死的蚂蚁？谁管他怎么死的，死了从专政队花名册上把名字勾掉就是了。

老友徐衡还告诉我，到路村去是在琉璃河站下车，途经的大厂是水泥厂（我因之想起，我前文谈的在窦店下车，是去电台十三号工地的路）；还告诉我，是中央“文化大革命”小组组长陈伯达向八三四一部队要了房山两个农场，一在南召村的给了新华社，一在路村的给了广播局，说是为了“劳动锻炼”，后来就成了主要是收容专政对象和审查对象的地方；据说农场搁不下，才又放到村里，徐衡说当时的“黑帮”也分了几类，不像我前文说的那么简单划一。可见个人记忆之不尽可靠，又可见集体记忆也需要抢救了。

原载二〇〇一年十一月二十七日《北京青年报》

厚安利

一家旅社的名字。在崇文门内船板胡同路南。

一九五二年，父母从船板胡同路北的寓所换到路南一个不成格局的小院，一住三十二年；一九八四年，母亲才迁到落实政策的楼居“经济适用房”去。

那时候每次去探望双亲，都经过小院西邻挂着“厚安利旅社”简陋招牌的一所铺面房。地震以后检查危房，发现母亲住的西屋没后墙，是就着厚安利两层楼底层外墙搭盖的——说来还是沦陷时期日本居留民干的事。

国营的厚安利旅社多年不见景气，几十年一贯制，没有装修过门面，也不知住些什么样的旅客。有人信手从楼窗扔出果皮和废弃的东西，就落在西屋的平顶上，或落在小院里，“啪”的一声。

总之，我们一家都对厚安利没好印象。

“文化大革命”结束以后，我每见到厚安利就想起一个人，他跟这间铺面有点关系，但跟这些不好的印象无关。

他的名字叫荀祥生，广播局的汽车司机。

我在广播局时间长了，虽不属于经常乘车“请”车的人，但与许多司机熟识，像从解放区进城的张双亭，在滇缅路上跑过车的老刘师傅，我们关系都挺好。

“文化大革命”头几年在什么地方劳动，一起劳动的都是所谓有问题的人。有一次干活休息，我朝树阴凉靠过去。一堆人里，同在专政队的司机老徐边上有个圆乎脸的大汉向我眯着眼笑，我不认识。老徐说：“不认识吗？老荀，也是汽车队的。”广播局车越来越多，司机也多，认不过来了。

“我叫荀祥生。”这样就认识了。

老在一块干活儿，混熟了，就聊天。原来他也在滇缅公路上跑过“黄牛”车。就是审查这些历史吧。我说你是北方人，他说就是。不知怎么说起我住在船板胡同，原先住在路北，也是铺面房，门楣上还有两个大字：“万庆”。他说，那一带我熟悉。我说，后来搬到对面一个日本人圈的小院去了，靠着一家“厚安利旅社”。

这时他笑着说：“我就在那儿开过买卖。”

什么买卖？

“夜总会。”他说了店名，声音小，我没听清，更没记住，也没想记住。

“抗日战争回来以后开的。”我听他说着，就搜索自己的记忆。“八一五”后我上了中学，天天从那门前经过。有没有过“香槟酒气满场飞，钗光鬓影晃来回……”？没印象了。初中生哪会关注夜生活？

他说，没多久也就停业了。

这大概也是他被审查的内容吧？

老荀见我沉吟着，忽然说：“王美弟是我外甥女。”

王美弟？我记得，我们年级的，小姑娘，小巧玲珑，我转校来的第一天，就见她站在排头，娃娃脸，圆圆的，看起来最小了……

我一下子回到三十年前的纯洁的童年。那时候有些大同学开玩笑，说我是金童，她是玉女。这样的玩笑是在男生当中传开的，女生当然不知道，但是我一见了王美弟就有些尴尬，不自然，那一年我十一岁。

“我记得王美弟。后来上了汇文中学，我还跟她哥同过班，王炳钧，大胖子！”

老荀笑着颔首。我需要向做舅舅的夸他的外甥女吗？我问：“王美弟现在在哪儿？”

他说：“她在塘沽教书。”

明白了。像许多所谓“出身不好”的年轻人一样，能升学顶多能上师范学校，王美弟兴许也没逃脱这样的命运。这些年来她过得可好吗？平时学校里相对平静，但是“文化大革命”初期红卫兵的冲击她能幸免吗？

话到嘴边我又咽了下去，这都是无须问的问题。那疯狂的一阵已过，一句“她在塘沽教书”，就是还算平安了。

于是我和荀师傅又说起别的，我们的同学，刘世瑛、刘世瑾他们家在船板胡同开的春茂茶庄，魏文祥家在崇文门大街开的天泉涌肠子铺……都成了过眼云烟。

老荀比我经历的沧桑“饱”得多了，把他磨炼得很重现实，并没有我那么多感慨今昔的闲情，绝不是因为怕跟我扯下去，再犯什么新错误。

我们进入了更现实也更犯忌讳的话题：运动到哪儿算一站，怎么发落我们这些人？

我茫然，揣摩不出领导意图。倒是老荀、老徐他们没有所谓知识分子架子，却有一技之长，“技不压身”，到哪儿不能开车？不让开车还能修车哩！

闯过江湖、天南地北曾经过的达观，也感染了我，没有理由垂头丧气。

多年不见，愿老荀硬硬朗朗地安度晚年，气色更红润。

也问候半个多世纪前的小学同学王美弟。让我们都好好儿活着。

〔**附记**〕中国一九四九年的革命胜利和一九五六年的社会主义改造，完成了一次社会经济资源的重新分配。原有的私营企业主和个体工商户除个别头面人物外，都在财产被剥夺后“改造”为“自食其力者”（包括白领和蓝领），他们的家属子女多成为工薪收入者。八十年代至九十年代的经济改革是又一次社会经济资源再分配，其中涌现的富裕者多是新的私营企业主和个体户，也包括前一轮中居主导优势的某些老一辈无产阶级革命家的子女家属们。真是“长江后浪推前浪，一代新人换旧人”。

琉璃河

北京有个琉璃河，在京南，靠近长辛店。琉璃河水泥厂和长辛店机车车辆厂齐名。慢车两处都有站，是今天京广线必经之地。京广线北段曾经是有名的京汉铁路。北京叫北平的年代，也叫平汉路。

一九四九年春，我在北平听过郭兰英唱的《平汉路小唱》，其中有几句我至今记得的：

> 这个平汉路，是条贫寒的路，工人贫寒可就无出路；

这个长辛店，是个伤心的店，伤心的事儿可就说不完；

这个琉璃河，是条流泪的河，工人的眼泪比那河水多……

我记得好像是贺敬之作词，张鲁作曲，该是进北平前夕在长辛店一带突击写出的吧。后来在词作者的集子里未见收入，不知道什么缘故。

我和琉璃河的缘分要晚得多。六十年代，到单位所属农业基地去种菜什么的，都在窦店或琉璃河下车，再步行过去。一路总经过些冠以“琉璃河”的牌匾。“文化大革命”期间“清理阶级队伍”，我们这些有“问题”的人又都集中到那附近的路村。窦店、路村全不如琉璃河名气大，就告诉家里“上琉璃河去”，好像多少有个着落，不至于生不见人、死不见尸似的；不然光说个这村那店，谁知道给拉到哪一方去了呀？

其实，哪一方水土不养人？我是能够随遇而安的。在路村，排队来去的路上，跟张品兴——就是后来一度主持广播出版社率先编印了《梁实秋文选》《林语堂文选》的朋友，偶然说起诗人闻捷去世的消息，叹惜之余，隐然为侥幸苟活有点沾沾自喜，不过没有说出。夏秋雨季，村里土路积水成河，入夜摸黑蹚着走，见远处灯光倒映在水里，忽然惊喜：竟是“残夜水明楼”的意境！

但是一拨一拨受“审查”的陆续回城了，留下的人越来越少，文工团不过侯宝林、朱崇懋和我有数几人了。雨季已过，西风干冷，“是夕始觉有迁谪意”。听说单位的人正在准备全编制去“干校”，不知道怎么发落我们这几个“残次废品”“剔庄货”“多余的人”。

某一天近中午，队部通知我们，原单位打电话来叫我们回去。自然大家都高兴，马上一边打包，一边计划着：吃过中午饭马上出发，背上行李赶一个多钟头的路，上火车，不耽误回家吃晚饭。大出意外的是，侯宝林以我从未见过的果断，指挥我们说：“立刻就走！不吃饭了！”不容置疑，没有商量余地，侯宝林一改温良恭俭让的姿态，不知从哪儿来的劲头；除他以外的几个人，连我在内，一向都是听从别人支配惯了的，见他如此坚决，也就无话，跟队部都没打招呼，悄默声地匆匆“起旱”，告别路村，告别琉璃河。

回到北京，才知道，大约就在我们离开十分钟以后，原单位来电话叫我们先不用进城，继续待命，因为其他的人去干校以前需要安顿家中老小，放假做准备，我们只须临走前两天再叫回来，眼下还须照旧出工干活！路村的队部还派人追了我们一程，没追上人影，我们也就得以多在北京城赖了十天半个月。不能不佩服侯宝林料事如神，他算把单位领导的心思琢磨透了。

这就是我跟琉璃河的一点旧缘。本来早就“宜粗不宜细”，忘得差不多了。

不久前买了一本花城出版社出版的《认祖归宗——中国百家姓寻根》，当作工具书备查的。谁知这本书让我的儿子大感兴趣。他翻到“邵，召，召公之后”，问这问那。我虽比他多吃了近三十年的盐，所知也只是据说周“封召公于北燕”，即今北京一带。我名字里的“燕”，应读“焉”，不是飞鸟，而是地名，大致相当于三千年前召公的封地。我又说，书上说邵氏的郡望在博陵郡，今天的河北蠡县、安平还有没有姓邵的不知道，倒是河北涿州听说有个花田村还聚居着邵姓的人。儿子于是问，那么我们的祖籍怎么在浙江呢？我说那是宋代南渡的一支。我一九八二年回乡，大队会计的保险柜里还锁着保存完好的邵氏家谱。可惜我只在仓促间翻阅了一下最后两代，顾不上仔细寻根。并不是数典忘祖，实在是祖宗离我们太远了，哪怕从前也“阔”过，又何从借得光来！

这些关于“老老年”的话，说说也就算了。一九九六年十二月二十四日《光明日报》“史林”专刊殷玮璋《琉璃河遗址与北京建城年代》一文，又把我引回这个话题上来。论文说北京西南四十三公里处的琉璃河古城是西周初年周王所封的燕国都邑遗址；那里出土的青铜器上的长篇铭文，证明周王将召公封于北燕，首要的就是让他把燕国附近的九个国族管辖起来，确保一方安定。

这篇论文告诉我们，琉璃河这一西周遗址，规模大，堆积厚，总面积达三点五平方公里；南半部虽遭严重破坏，但北半部保存较好。北城墙全长八百二十九米，东西城垣残长各有三百余米；古城东侧密集地埋有大、中、小型各类墓葬和陪葬的车马坑，已经清理的二百多座西周墓，出土一批反映当时生产、生活状况的文物（但愿尚未清理的墓葬区不遭盗掘）。

这篇论文还如此描绘了这个燕国都城的自然地理环境：

> 琉璃河古城所在的台地，属山前洪积冲积平原，面积较大。进入全新世以来，这里一直有人类居住和活动。城址西边有大石河，水源充足，北距永定河也不远，故东西向有水陆交通可用。陆路交通有沿太行山东麓的南北大道，自古以来它就是南北大动脉。它南通中原，北分两路，分别通向蒙古草原和松辽平原。这条大道是中原地区与北方草原地区及东北地区连通的主干线。北京地区的史前与先秦遗址中往往看到中原、东北及草原地区的不同文化因素，正是由人员交往而使南北各地文化在这里接触和交流的反映。按《诗·小雅》记载“周道如砥，其直如矢”，可知当时的道路建设也颇规范，车马往来相当方便。琉璃河遗址内发现的数十辆马车，在坑内分别与一马、二马、四马埋葬，反映了当时用马拉车的情况。用这些

马车作为交通工具，把燕国都邑与四方连起来，这在三千年前是很先进、便捷的交通方式。

像这样的内容，这样的文章，才当得起《琉璃河忆旧》这样的题目呢。把我辈途经琉璃河“出逃”的狼狈相置诸这一马平川、大道通天的辽阔背景上，我们能不愧对祖先诚惶诚恐无地自容吗?

此文为一九九六年十二月二十八日作

原题《琉璃河忆旧》

颐和园大戏台

颐和园里大戏台，在东宫门西北，导游书上有正式的名字，我老是记不住。

颐和园里有许多地方留在我的记忆里，但我不止一次来大戏台，却不是以游客的身份。

身份？壮工吧。

一九七三年十二月，我从河南淮阳干校调回广播局。我是广播文工团全建制返京以后扔在干校不管的两个人之一（另一个是男高音朱崇懋）。这年冬文工团并没有要我回来的意思，是已经恢复工作并兼管文工团的中央台领导顾文华提议，它们不得不给面子，勉强发了一纸调令。

我不了解内情，回到北京第二天就上团里报到。总团给个冷冷的答复：回家等待分配。

也罢。“有钱难买待分配”，就此赋闲在家。整个一九七四年上半年，是“批林批孔”热火朝天的日子。我得以免去许多开会学习被迫发言表态的尴尬。加上长期干活忽然中止，在家里“蹲膘”，略略发胖了。

七月间，说有一份中央文件强调“抓革命促生产”，于是叫我到剧团舞台工作队上班，有演出时装车装台，没演出时就在广播剧场后身的布景道具仓库兼木工房，给木工师傅赵振栓打个下手什么的。

每年“五一”“十一”，照例在各大公园组织游园活动。分配给我们的任务，是到颐和园的大戏台去装台。

无论四月下旬或九月下旬，算得上春秋佳日，我们乘大卡车出城，有如兜风。舞工队（不是武工队）队长老吕（学先）带队，小赵（振栓）是主力，还有小白小陈小王，以及陈铎，我，什么人等。陈铎在干校时是抓“五一六”的重点对象，我们经常被派在一起劳动，此时他也没完全结案。

装台的活儿不重，又仿佛一次远足，连我和陈铎，一路心情也都很好。

颐和园，只有人少的时候，才像个皇家园林。我们去的时候，有游人，也多半在长廊、排云殿、谐趣园徜徉，大戏台这个院里十分清旷，除了我们没有别的人影。

此情此景，最适于发思古之幽情。我坐在大戏台对面颐乐殿台阶上，心里念叨着“笙歌归院落，灯火下楼台”“歌管楼台声细细，秋千院落夜沉沉”“舞低杨柳楼心月，歌尽桃花扇底风”……才发现写歌舞场面的，几乎全是夜景，没有日场，更没有我们游园会在大早晨阳光照耀下演出的；还有写的分明都是各种版本的《韩熙载夜宴图》，拟之于现代，就是大户豪门的“堂会”了。

颐和园里的大戏台，一年闲置三百六十天，也就是有限的节庆寿诞，给西太后办个堂会吧。江青虽有野心，不免常想步慈禧的后尘，但大概“日理万机”，没想到颐和园里的大戏台，不曾借“五一”“十一”到这里感受一下女皇式的威仪：独坐中心，观看大戏台上献演的戏码儿，跟君临排练场审查样板戏，是不是一样的滋味？或许不是她不想来，而是忙着如毛泽东所说的“策划于密室”“点火于基层”，运筹帷幄之中，决胜千里之外，不得分身？

我们装台以后，离正日子还有几天，自有专人做安全检查，没有我们的事。事后从报上能看到党政领导人分别到各大公园，坐在小板凳上观看演出、“与民同乐”的照片。

于是悟到这也是“你站在桥上看风景，看风景的人在楼上看你”，台上演戏给台下看，台下看戏的人里，也许身上带着更多的戏呢。我们装台的人不在场，顶多算是在场外看戏，矮子观场，“随人说短长”。我想起鲁迅有诗云：“静默十分钟，各自想拳经。”立刻又想，不可乱想，一旦说出口，偶语弃市岂不冤哉，市上也正追查各种政治谣言呢。

一九七六年的“五一”，在“天安门事件”之后，政治空气凝固得令人窒息。但我们还是轻松地在大戏台完成了装台任务。事后“拆台”运回，更有戏已演完之感，说不清心情沉重还是轻松。

一九七六年九月毛泽东逝世，当年“十一”似未举办游园活动。我后来离开“舞工队”，也不管替演出搭台的事了。

天宁寺

西便门外，现有天宁寺立交桥。

一九七五年秋，迁居广播局号称“一万二（千平方米）”的新宿舍。从十层一号南窗望出去，西南方向一塔赫然在焉。塔高十三层，人道是天宁寺。

天宁寺以塔名，谈北京名胜古迹少不了提到它。但老百姓当年骑毛驴逛的是天宁寺边白云观。一佛一道，两种文化比邻而居。

我们的小三居室单元房，合住两家。另一家是朝鲜语组的李成浩和夫人宋英子，还有一儿一女。两家女孩合住一小间。我们夫妇和儿子住十三平方米的一间。这一间方方正正的，有一窗向南，从外面看是许多窗孔中的一个。我私下把这间小屋命名“小蜂房”。但未张扬，怕人问：你要蜇谁?

那时“文化大革命”还没结束。这座新宿舍高十二层，每层一千平方米，钢筋混凝土预制板结构，是一九七五年时北京最高的楼房，落成后，直接领导广播局的姚文元曾来看过。

记得刚刚迁入这楼，暖气未通，最高室温只有八摄氏度。我感冒卧床不起。病后才听医生劝告，开始喝茶——是“喝”不是“品”。

房子开间小，床和窗之间只空尺把地。凭窗眺望，眼界稍宽，膝盖上下却很局促。不过我还是愿意向外看看，首先入目的就是天宁寺塔，不过还没到“相看两不厌”的禅境。不料在它旁边，兀地竖起一根大烟囱。原来是“二热”即北京第二热电厂的烟囱。一下子把古塔欺住了，挺然高出老大一截子不说，还喷云吐雾，乌烟瘴气盖了塔顶塔身。

说在一九四九年至五十年代初期，有人登上天安门，展望工业化建设前景，说要让眼前烟囱林立。二十多年过去，这个理想没有完全实现。像天宁寺边这么粗大的烟囱孤木不成林，但有风的日子我们是不敢开窗的了。

夏日黄昏，实在燠热，打开窗，没有风，有一种气息扑鼻而来，仿佛是花香不是花香，自然与热电厂的烟囱无关。后来问邻居，知道来源是一个小化工厂。

就在这“窗虽设而常关”的斗室，度过了多事的一九七六年。窗前太逼窄，公用楼道有一排向西的玻璃窗，近看有天宁寺塔，远处隐隐可见西山。秋天在北京最是天高气爽的季节，九月初某一天在那儿逡巡眺望，得句云：“山似文章不喜平，楼高正好望秋晴。”再几天，传来毛

如此配置，毋乃欠商量乎？

泽东逝世的消息。

离开那个住处二十年了。天宁寺边修了立交桥，每从桥上桥下过，总想：什么时候把那古塔旁边的烟囱拆掉？

北影剧场

旧址在新街口北大街路东，可能已改作别用。

我忘记这个北京电影制片厂宿舍院内的剧场是叫剧场还是排练场了。

我记得它，是因为一九七六年九月九日下午我在那里“装台”。

剧目似乎是《风华正茂》，与影片《决裂》类似，写“文化大革命”中的教育革命，或者说，是论证对“反革命修正主义教育路线”非革命不可的。

我那年月正在中央广播电视剧团的木工房劳动，制作道具、装置舞台都是木工房的活儿。青年演员在装台时都要跟着干，我在职接受劳动改造，哪能不跟着来。

仿佛第二天九月十日就要公演了，装台已到最后阶段。九月九日中午，舞台工作队长接到电话通知，下午四时有重要广播。大家猜不出是什么重要事情，都缄口不语了，看得出是心沉了下来，都不知又要有什么大祸临头，我的心倒是古井无波，死猪不怕开水烫了。

到点，哀乐大作，几个月里经历了周恩来、朱德两次丧事，都没有通知大家收听重要广播的。

毛泽东不在了。场上沉默，无语。队长宣布：停止装台，回家。

我骑车离开北影这个院，比预计下班时间早，有一点点意外放假或稍歇仔肩的心情，或者说是沉重的心情稍有放松。一时我还没有想到——根本没有想到毛去世这件事意味着什么，无论是对中国还是对我。我看街道上的行人一切如常，不动声色地来来往往，多半也像我一样下班回家吃晚饭，路上捎带买点什么。我骑车过新街口，经过西直门内大街路北一家一间门面的书店，忽然想应该买点什么做个念想儿。往柜台里的书架上睃视了两遍，没什么可买的，我问有没有《毛主席诗词》，找给我一本小学生用的诗词若干首（三十七首？）毛笔楷书字帖。掏钱买了下来，收进背包里。出门面向西直门继续骑车，迎面是很不情愿西落的太阳，拖着最后一抹斜晖。

随后停止一切娱乐活动。

九月十八日在天安门开追悼毛泽东的大会，单位里的大多数人都列队前往。我和另几位不受信任的朋友被留在办公室看电视转播。

甘苦之外

北池子·之二

这条街在东华门大街路北，紧靠紫禁城。

二十世纪八十年代，我上北池子，多半是从南向北去沙滩、美术馆时路过，原路返回时，又多半到北池子南口，西折过东华门前，沿着文化宫后河，经午门再沿着中山公园后河，过西华门进南长街……没走过这条路的人不

从东华门大街、文化宫后门或故宫午门外都能走到这条静静的街上来。图中远处是故宫东南角楼。

知道，这是紫禁城南墙根的一条路，过去汽车少，常是静静悄悄的，路边柳树傍着灰色的城墙，春夏秋冬，早午晚，微雨或雪晴，都是北京城里最美的地方。

我后来读秦兆阳散文，发现他也爱到这里散步，在他身体还好，腿脚还灵便的时候。他住在北池子二条路南一个独门独院里。他在世时我来探望他，他总是坐在南屋里，看书写字，烟好像戒不掉，但又胸闷呼吸不畅，就用一个负氧离子发生器，制造点海边森林草地空气清新的幻觉。有位老先生可能比我来得勤，那就是李清泉。一九五七年七月《人民文学》那一期特大号，就是他和秦兆阳两人“炮制”的。头条是李国文的《改选》，接着有宗璞的《红豆》，丰村的《美丽》诸篇，仿佛也还有黄秋耘的短论。从头年的四月号起，《人民文学》已经先后刊发了《在桥梁工地上》《组织部新来的青年人》[①]《本报内部消息》，秦兆阳本人又发表署名何直的大文章《现实主义——广阔的道路》。所以叫大文章，不仅以其长，且因它在当时打出现实主义的旗帜，向表现为公式化概念化图解政策粉饰现实的文学倾向挑战，这实际成了他在反右派运动中受到批判的主要罪状。

① 王蒙这篇小说，原题为《组织部来了个年轻人》。

二十多年后归来，秦兆阳已满头华发，不复当年在东总布胡同二十二号院里谈笑风生、倜傥不群的神采了。他大约仅在八十年代初跟一群作家有一次黄山之游，后来体弱多病，又急于把蕴蓄已久的长篇《大地》写出，便不再外出了。

黄秋耘在七十年代、八十年代之交写了名篇《丁香花下》，回忆"一二·九"运动后一次游行队伍被打散，他逃进北池子一条横胡同，一家住户的一个中学女生为他包扎了伤口。他说，就是像秦兆阳家这样的小院，说不定就是这个小院呢。但四五十年过去，早已"人面不知何处去"了。当时秋耘虽上了清华，也还不到二十岁。到了迟暮之年，回忆那位文静的小姑娘，把他满是尘土血污的衣服洗净，还给他那唯一的约会，不胜惆怅。如今又是二十年过去，秋耘不久前也病逝了。

秦兆阳这个小院是他五十年代置下的私产。在反右派运动前那一两年，北京作家如艾青、周立波、萧殷都买了小院自住（萧殷一九五八年外调广东，他在赵堂子胡同那个小院就转卖给臧克家）。经过反右派、"文化大革命"的风风雨雨，秦兆阳一家从广西回来，还能住进原来的住宅，但因属私房，无力修缮，确也带着风吹雨打的伤痕残迹了。

在一切崇尚"一大二公"的年代，只有房管部门有瓦工木匠。在人们心目中，私房恰如大海中的孤岛，迟早

我爱读李锐同志的著作，也爱听他的侃侃而谈。

要收归国有，即使房东有经济力量，想要修缮，找人买料都困难重重，多半只能眼看着它像毛泽东所说的资本主义世界和一切敌人一样“一天天烂下去”，何独秦兆阳家如此。因为没有暖气和卫生设备，保暖的条件差，着凉的“机会”多，秦兆阳一入冬就开始犯病，后来体质越来越差，开了春也好不了。曾经向所属单位申请，哪怕是找有暖气和卫生间的房屋借住过冬……但直到病逝，这个申请还压在行政部门没有解决。

北池子一带，据说为保存古都风貌，列名重点保护街区，大概是不会建高层楼房的了。但除了可做官邸的宅院以外，像秦家小院以及还不如它的平民住房，今后的命运是什么样呢？

琉璃厂

现名琉璃厂文化街，在和平门外。

你把它当一条古街，在两边书楼里可寻古书，在这里遇到的该是古人，说的该是旧事。

今天在电视片里看到的古人，都只是古装罢了，骨子里是今人。

琉璃厂书肆里穿梭的古人，该不是从《清明上河图》里出来，而是从山水画里走来的。

我看见一位这样的古人迎面而来，鹤发童颜，长髯飘飘。他向我笑着打招呼，我寻思在哪里见过，以至忘了看他穿的是哪一代的衣装。

我想起来，五年前同游汴京：州桥，大相国寺，龙亭，铁塔，潘杨湖……留下我们的游踪。

这是北京师院的向锦江教授。不期在琉璃厂邂逅。

时为一九八六年夏，我到琉璃厂寻访小玩意儿，准备出访做纪念品的。

我和这位从古画里走下来的向锦江教授就在琉璃厂路边攀谈起来。

琉璃厂西街的东口，停放的汽车总显得有点“不搭调”。

可能是我先问起在北京师院执教的闻国新，因为不久前读到贵州出版社出版的闻国新选注的《古代叙事诗集》，而四十年前在沦陷的北平我是读他写的小说，那时知道他教中学。

这样就又说起同在北京师院的沈启无，当年我从他编的《大学国文》和《近代散文钞》接触了历代笔记和明清小品，也知道他和乃师周作人之间发生的龃龉。

于是向先生说起沈启无的一段往事。五十年代，有一天校方通知他，市委副书记刘仁同志要接见他。约定时间，有车把他接走。原来是刘仁对他在过去（可能是三十年代）一次对地下党的资助表示感谢。沈启无这才记起，当年，他的一位学生心急火燎地上门，说有个朋友被抓起来，急用钱，他当即把钱交给来人，也没多问。事后多年，几经变乱，没有因此引来麻烦，已是万幸，慢慢也就淡忘了。刘仁在北京有很高的威信，仅次于彭真市长，这样念旧，使听说此事的人都很感动。

刘仁在抗日战争和解放战争时期，任中共晋察冀中央分局城工部长，北平地下党组织的斗争活动都在他领导指挥之下。传闻中说那位系狱的就是刘仁自己，恐不确。近读《刘仁传》，没有三十或四十年代他在北平被捕的记录。

从一九八六年那次和向锦江先生琉璃厂话旧（不是话我们两人之旧，而是话他人之旧），至今十五年了，听说他身体不好，单身一人居住，大家不放心，已迁入首都师范大学校舍，以便有所照顾云。

虎坊桥

我从一九八三年迁居到虎坊路来，已经十一年多，是我在一处住得最长的了。我们这座楼每年总要少几位老人，人称“夕阳楼”。我想这是正常的，“天地者万物之逆旅”嘛，理应是有来有去的。旅舍也好，旅人也好，不管在哪儿，你都是置身一定的时间段，不仅和邻人共处在今天，也与已成历史的昨天为邻。

历史上的昨天，不是以日月计的，动不动就几十年几百年。出门往北几百步，一条胡同叫福州馆；林海音《城南旧事》里写到它，她童年该就在这儿度过。顾名思义应有的福州会馆早已不见，福州馆小学许是那旧址。而当年“旧事”小女主人公上的小学，唱着“长亭外，古道边……”当毕业歌的，似乎是梁家园小学。梁家园是哪个梁家，失考。旁边前孙公园、后孙公园的孙公，听说指的是孙承泽，前朝的古人了。

这一带，隔着马路，还有西北园、西南园、东北园、东南园，都是窄窄的小胡同，平房院，短墙时不时挺出一棵枣树来。清末汪精卫进京行刺，先住在和平门外一家照相馆，后迁到东北园，就因为朋友们夜饮，声达室外，引起巡夜的人注意，密报批捕了。距今不过八九十年，中国经过了多少变迁；单是汪氏本人，在其后三十多年里，就先后扮演了革命党人、官僚政客、汉奸卖国贼的不同角色。地球的沧桑亿万年一见，人事的沧桑则是在转瞬之间了。

福州馆那条胡同，往南是福州馆前街，往北是高家寨，可想见昔日聚族而居的光景；西边一条南北向的胡同叫粉房琉璃街，没有琉璃瓦窑，也没有粉房；由此往南，经黑窑厂街，就是陶然亭。陶然亭旧日没有围墙，黄仲则、龚自珍、秋瑾来这里或宴聚啸傲，或低回沉吟，是不是走的这条路？

虎坊路是新地名，指一段不长的马路，虎坊桥呢，桥早没有了，那个十字路口辐射一大片。十字路口往西，叫骡马市大街，我小时候住东城，没来过，但有印象：家里的一架风琴，商标上注明是骡马市大街某厂出品，这是次要的，主要是商标中心画了一头骡子！虎坊桥往北叫新华街，把口有个两层楼，原来几十年都叫京华印书局；一九五一年春夏之交，我组织那儿的印刷工人合唱队到中央电台录音，在《文化生活》节目演播。一下子也四十年了，楼宇变化不大，这几年先是成为中国书店，后来书店退居三楼，下面租给什么中外合资的公司了。

虎坊桥往东是有名的西珠市口，路北晋阳饭庄，人们都知道是纪晓岚的阅微草堂故址。天津一位老教授的后人，去年还撰文回忆过这所宅院在民国年间的变迁，因知原有东院西院之别，现在远不是乾隆时的面貌，其实这本应在意中。这一带地名，写进《阅微草堂笔记》的，有南横街（今分南横东街、南横西街，严格地说语法欠通），香厂（今名香厂路），我骑车或散步经过，民居破落，也许要待“批租”给外商才能改观。我想当年的南横街和香厂，多是平民居住，大约也就是这个样子。二百多年，怕还是纪晓岚谦称为“草堂”的宅院更多地经过修缮吧。而纪先生“姑妄听之”“姑妄言之”，也许根本不知道南横街和香厂离他家多远。纪晓岚虽说官至礼部尚书、协办大学士，死后有谥号“纪文达公”，但本质是个文人，尽管职在总纂四库全书，又常侍从君侧，被视为御用文人，从他的全部作品看，却并不像今《辞海》说的，“多宣扬封建伦理观念及歌功颂德之作”；他自有属于自家的识见和文笔，大概这才是他遭贬新疆的缘由，也是他能成为民间传说中高智商人物的缘故吧：他捷才，敏慧，机辩，圆通，以至有点滑头，然而若没有这点滑头，他能比另一个“伴君如伴虎”的沈德潜命运稍好吗？回头看来，他的文格为官名所掩了。

在纪宅北边的韩家潭（今名韩家胡同），前于纪晓岚

一九九六年，黄苗子、杨宪益、邵燕祥合集《三家诗》出版（朱正序，如水跋）。丁聪为此书作《吟月图》漫画，左起黄、邵，右立者杨。

一百多年，住过一位更纯粹些的文人：笠翁李渔。看他的《闲情偶寄》，饮食、建筑、园艺无不在行；而他主要的贡献是在戏曲理论，还有传奇作品《风筝误》等十种。家设戏班，“巡回演出”。他生于明清之际，进北京似在入清以后；请张南垣为他在韩家潭垒石蓄水，仍以他在金陵的别墅“芥子园”为名，题楹联曰：“十载藤花树，三春芥子园”。如今荡然无存，只有他女婿请诸家编绘、在南京芥子园刻印的国画技法图谱《芥子园画传（谱）》，多少年来流传不歇。

五十年代中期，有一次我和袁鹰曾经到韩家潭小学来跟少先队员们见面。那时候还不知道李渔在这条街上住过。只知道韩家潭是所谓“八大胡同”之一，不免有些感慨；当时看校舍破旧阴暗，猜想或许正是旧日青楼，又不便问，心中如堵。近年有时去铁树斜街（原名李铁拐斜街，颇富民俗色彩，不知为什么一定要改名，是怕误解为嘲弄残疾人吗），房管所在那儿；左近属于“八大胡同”的石头胡同、陕西巷，四十多年前已尽扫勾栏秽气，不过民居没太变样；韩家胡同较大，宽敞些，但也绝无芥子园的痕迹了。

偶有闲情的时候，我喜欢“串胡同”，满目是今人，心中却不妨有古人；金元以上，事无可考，明清以降，影响似在可寻不可寻之间，这历史的时间，恰恰成了想象的空间。我不会活见鬼，认为有近古之幽灵在街头游荡，然而那仿佛近在咫尺地存在过、活动过的文人、艺人、五行八作的平民以至地痞流氓、龟头鸨母，明装的、旗装的、中山装的、西装的，纷纷从书里书外浮现，抢着做历史的参照。使人走在大街小巷，都如读史，不胜沧桑。

也许五十年后，一百年后，又会有人徜徉于虎坊桥一带，指点何处曾是前门饭店、光明日报、北京京剧团与工人俱乐部……谁知道那时候这里还叫不叫虎坊桥？

“闲情记趣”：姑名之为——与昨天为邻。

此文为一九九四年十一月二十一日作

原题《与昨天为邻》

粉房琉璃街

虎坊路西面的一条南北向胡同，北通广安门内大街，南通南横东街。

我在虎坊路一住住了十五年，是我在北京居住时间最长的一处了。住得短有住得短的好处，回忆什么事情记不得时间了，一想当时是在哪里住，立马推算出来，空间可以做时间的坐标；住得长另有住得长的好处，人总要四处

二十世纪九十年代中期，我写了《与昨天为邻》一文，讲了家居虎坊桥十多年间对周围老胡同里旧迹的寻访。《中华锦绣》画报记者来，替我在粉房琉璃街拍了这张照片。抱歉的是，我把那位记者的姓名忘记了。

走走，即使不是为了熟悉周围的地形地物，日常买菜、换煤气罐，都少不了钻胡同。这样，我于附近的大街小巷，哪里有坑坑洼洼，全都一清二楚了。

夏天正午，从骡马市大街赶回家，不要走大路，一进粉房琉璃街，树荫笼地，长巷无人，虽然东西两边的砖墙木门都很憔悴，但阵阵蝉声里，你猜老老小小该在院里吃凉面，搁下碗也许就在门洞里歇晌，让这时候还匆匆奔走的人艳羡不止。

入秋就不同了，更别说冬天，满地落叶不扫，缺齿的瓦垄间，衰草在风中摇晃。纵有北头卖烙饼的炉火和吆喝，也掩不住一片颓败光景。

今天的粉房琉璃街，既没有欣欣向荣的粉房，也没有光怪陆离的琉璃：但街名就透着古意，这条街可是古老了。粉房做粉，为百姓人家夏日拌冷盘、冬天氽白肉所必需；琉璃瓦则供应皇家园林宫阙庙宇。这条街南连黑窑厂，北通琉璃厂，一时除了平民以外，少不了官商行走，会比眼下繁华得多。何况还有有志或失意的文人，到陶然亭宴饮聚会，从这里穿行。龚自珍诗题不但有陶然亭，还有黑窑厂，这粉房琉璃街该也留下他的足迹。

对了，赵洛先生说，林则徐在粉房琉璃街上住过，但他没有详说；应该不是后来的官邸，而是进京赶考或是初登仕途的日子。但不知他当时出入的是哪个门洞。这里净是百年老屋，油漆剥落，门板皲裂，至少五十年这里没有大兴土木了。可一百年前，一百五十年前或是近二百年前，未必就这么“古趣”盎然吧？

龚自珍小林则徐七八岁，他们是好朋友，不知道什么时候订交。林则徐在粉房琉璃街住时，是不是已有过从，谁知道呢，戏说家无须费考据工夫，历史家不管这些细节，怀旧家怀的是与自己生平甘苦相关的往事，至于这条小小胡同，曾经有谁走过，曾经有谁邂逅，曾经有什么样的兴会悲欢，早都如水上浮萍风中飞絮，付与杳渺空茫中轻微的一叹。

一百多年后，有个汪曾祺，晚年住进这条街东面名叫高家寨的小胡同一座宿舍楼，只住了两三年。旁边的虎坊西里，北纺棰胡同，福州馆南街，窄小弯曲，又有早市碍路，有几次我陪人来车接汪老出门活动，都把车停在虽不宽敞但是笔直的粉房琉璃街。

曾祺先生去世快四年了，我迁离虎坊路也两年多了，有一天我上那里的邮局取信，顺路又到粉房琉璃街转转，忽发奇想：若是拦住这里的行人，问一问，知道不知道汪曾祺、龚自珍，以至林则徐，有几个人能答得上来？

〔**附记**〕《北京晚报》曾载刘一达文《话说北京地名》，说“粉房琉璃街”原名“粉房刘家街”，不知孰是，记供参考。

法源寺

在广安门内大街教子胡同内法源寺街。

法源寺是从唐悯忠寺传下来的千年古刹。虽说殿宇都是后世重修，但庙址不变，这一方净土，数不清留过尘世上多少人的履迹了。

李敖就小说《法源寺》炒作并自荐诺贝尔文学奖，属于未能免俗或故意搞笑，但选这里做他写清末历史的场景，显出他的眼力；尽管对他的小说艺术扬抑不一，但从历史叙事来说，作者不愧为有心人。

我倒希望北京地方史的研究者，单从法源寺住过历代哪些名人着眼，爬梳出一份资料，可能不仅于开发旅游资源有些帮助，而且于研究宗教与一般文化，历代文人行止和生活方式，也不只是聊作谈资的价值。

我住虎坊桥一带的时候，读龚自珍诗文，饶有兴味的就是他不仅诗题诗材中有陶然亭、黑窑厂，而且发现他小时候还在法源寺住过。

七十年代末，我初到《诗刊》社工作时，常为稿件事宜骑车拜访老诗人。当时陈敬容借住法源寺，我就来这里找过她。但因事前未约定，撞了锁；陈敬容住处没有电话，写信预约又嫌邮程往还总得三四天，来不及。不过回来以后还是写信，权当我去法源寺观光一趟吧。

真正来观光，是纪红、芙晖约我来法源寺看丁香。那是一九九六年，时维四月，我带着小孙女珂珂先到，寺院较之几年前整饬多了，一树树成簇成团的白丁香，此呼彼应，蔚然一片雪海，既不是“丁香空结雨中愁”，更没有“临风递与缟衣人”，景物依稀，而风致不同。给珂珂照相，她穿着花罩衣，小人儿置身丁香花下，没有淡淡的哀愁，只有葱茏的生意，最适于教她唱我小时学会的歌：“春天来到，丁香花开。紫丁香花，真是可爱……”

走出法源寺，取自行车的一会儿工夫，有人过来乞讨，佛在咫尺，更应慈悲为怀，于是掏出一张钞票；谁知连锁反应是烧纸引鬼，登时一群老的小的乞丐有如埋伏着的狙击手，倾巢而出，铁壁合围，一律手心朝上，伸了过来。

阿弥陀佛，我不敢说“罪过罪过”，但心里沮丧，默默对自己说，真是煞风景。

我与珂珂在法源寺丁香花下。庙老，树老，花却新。

代后记

这几十则以北京城的地名为题的笔记，大多是今春以来每到密云乡村小住陆续草成的，秋分后数日告一段落；不过一个春秋，聊以钩沉几十个春秋的往事，极简略地单线白描出片段的历史场景与个人记忆吧。——这是些十分琐屑的，有些更近于难登大雅之堂的小人物小事情，远离了所谓宏大叙事，但其中或也折射了些许的沧桑，却只不过是草木一生中的小小沧桑，然而是私心以为珍贵的。

作为生于古城，也算个老北京但“京味”不足的一个作者，也曾有过以北京为背景写点什么的想法。但疏懒成性，举凡郑重其事筹划的事最后都要落空。倒是一个偶然的机会，一九八九年秋后，百无聊赖，拾起笔墨来写点不准备发表的札记，其中也就写下了《东车站》《国会街忆旧》《风沙》《郎家园》等篇，在程小玲为《胡同九十九》约稿时，我说到我想为渐渐消失了的胡同写一曲挽歌，但怎样着笔没想周全，不意近十年后，写出这一札纯是纪实的东西。

掷笔长吁，不禁惘然。忽然想起那位多年前住在老君堂的我们弟兄姐妹共同的“干妈”，她在晚年，六十年代初城乡大饥荒的日子里，雇了一辆三轮车（已经不是老北京那祥子式的“洋车”），独自一人把九城转了一遍，回到家也没跟人说什么，该是怀旧，也是告别，了了一个夙愿吧。我想，我写这一个个地名，一篇篇文字，也正是对往昔时光的一次洄游。但我没有徒步或乘车一一重游旧地，有些已经没有了，有些街道的院落面目全非了，有些胡同截短了，取直了，改名了，有些旧地或许还在，等待着谁去凭吊。重要的是所有这些都留在我的心里，我照着心里的印象，描摹在纸上了。

二十世纪九十年代中期，在北京图书馆后身，张达先生开的“东坡餐厅”，不止一次成为师友们宴聚的地方。这个楼梯也不止一次成为合影的最佳场合，远胜“排排坐”多多矣。

因旨在纪实，是“看山是山”的；我以为虚构大抵“看山不是山”；如果让虚构的东西比现实曾有的更真实，那才到了“看山又是山”的境界。此境不易达，这里止于初级阶段的“看山是山”了。

我在小引里写到，画这些纸上的街巷，不是为了导游，但如果有一些东南西北方位的误差，还得请读者原谅，并给予指正。我记忆力减弱了，也久已没有“串胡同”了。

我知道不少朋友写过对北京一些地方一些人事的忆念，有的拜读过，有的没有读到。其中，叶嘉莹女士怀念她在按院胡同（或察院胡同）西口即将拆毁的旧家老宅，魏荒弩兄写他重过五十年代罹祸前一度住过的府藏胡同二号小院，都使我读了久久不忘。他们透过当时当地的细节和氛围，传递出人之常情中一声深长的喟叹，使我这些粗疏的随笔相形见绌。

前此写过的几篇忆记古城旧事的文字，一并收入，虽体例出入，文体驳杂，在所不计，且当沧桑的纪念。

“朝花夕拾”，在这里扫成一堆了。“落叶满阶红不扫”，也是这般情味吗？

二〇〇二年十月十二日晴

窗外木叶已初见变黄变红之际